穂高岳 殺人山行

梓 林太郎

Azusa Rintaro

JN179001

文芸社文庫

目次

穂高岳周辺地図
大町市
常念小屋
常念岳
前常念岳
避難小屋
赤沢岩小屋
槍沢ロッヂ
一ノ俣小屋
横尾尾根
常念ノ滝
槍沢
常念沢
掘金村
屏風岩
蝶ヶ岳
屏風ノ頭
横尾
蝶ヶ岳新道
横尾山荘
蝶ヶ岳ヒュッテ
妖精ノ池
長塀山
羽衣ノ滝
大滝山荘
大滝山
徳沢園
徳沢

北鎌独標
槍ヶ岳
槍ヶ岳山荘
殺生ヒュッテ
大喰岳
槍
沢
中岳
槍平小屋
南岳
南岳避難小屋
大キレット
北穂高小屋
北穂高岳
涸沢
涸沢岳
涸沢小屋
穂高岳山荘
穂高岳
涸沢ヒュ
奥穂高岳
間ノ岳
吊尾根
西穂高岳
前穂高岳
岳沢ヒュッテ
天狗のコル
なべだいらこうげん
千石平
独標
にしほだかぐち
新穂高ロープウェイ
重太郎新道
岳沢
明神岳
安曇村
西穂山荘

一章　魔の縦走路《じゅうそうろ》

1

七月十九、二十、二十一の三日間、北アルプスは快晴にめぐまれた。三、〇〇〇メートル級の山々は里の猛暑とは無縁の世界で、連日、自然の涼を求める登山者でにぎわい、この三日間、山頂付近の山小屋はどこも宿泊者で一杯だった。ことに槍ヶ岳《やりがたけ》（標高三、一八〇メートル）では、雲上をめざす長い列ができ、山頂は足の踏み場もないほどのにぎわいとなった。

山岳救助隊員の紫門一鬼《しもんいっき》は、例年どおり穂高《ほたか》の山懐ろの涸沢《からさわ》に常駐していた。登山指導と、遭難事故に備えるためである。

二十二日も朝は晴れていた。が、午後、激しい雷雨が穂高一帯を襲った。一時雷雨、という天気予報は当たっていた。約一時間は、突如、夜がやってきたかと思うほど暗く、テントの中でも灯《あか》りが必要なくらいだった。

激しい雷雨はその後小雨に変わり、空は明るくなって、午後二時半ごろには、ふたたび朝が訪れたように晴れ間がのぞくようになった。

やはり涸沢に常駐している山岳救助隊の小室《こむろ》主任は、

「雷雨の間に、事故が起こっていなけりゃいいが」

と、西のほうへ流れる黒い雲を見上げた。

雨がひどいと視界が悪い。それに岩が濡《ぬ》れる。滑りやすくなって、転落の危険があるからだった。雨具が不完全だと全身が濡れ、寒さで身動きがままならないこともある。

夏の最盛期は、登山の初心者も多く登ってくる。不完全な装備のための遭難も少なくない。

三時半になった。事故の通報が入らなくて、常駐隊員はほっとした。

新入《しんにゅう》の女性隊員が沸かすコーヒーの匂いが、救助隊の小屋にただよいはじめたとき、北穂高小屋《きたほたかごや》のおやじから電話が入った。

「事故か」

隊員は身構えた。

「たったいま小屋に着いたパーティーから、気になることをききました」

山小屋のおやじはいった。

北穂高小屋は、北穂高岳《きたほたかだけ》頂上北直下三、一〇〇メートル地点に建っている。

「気になること？」

小室主任が電話を代わった。

「けさ、槍ヶ岳山荘《やりがたけさんそう》を発《た》ってきた三人のパーティーなんですが、大《だい》キレットにさしかかったところで、雷雨に遭《あ》いました。前方を二人連れが北穂に向かっていましたが、雨が上がってみると、一人になっていたというんです」

大キレットは、南岳《みなみだけ》、北穂間の稜線鞍部《りょうせんあんぶ》。稜線上が鋭い切り込みを入れたようになっている急峻《きゅうしゅん》な岩場だ。漢字の切戸《きれと》よりくるとの説もある。通称「飛驒泣《ひだな》き」など、北アルプスでは屈指の難所で、通過にはかなり時間がかかる。

「雷雨の前は二人だったが、雨のあとは一人の姿しか見えなかったということなんだね？」

「そういっています。なにしろ大キレットのことですから、万が一のことを考えて、知らせました」

「ご苦労さま。で、その話をした三人パーティーは、小屋にいるの？」

「今夜はここへ泊まることになっています」

小室は、三人パーティーのリーダーに電話を代わってもらった。

彼は、リーダーと四、五分話して、救助隊はいまの話を検討するといって電話を切った。

主任は、小屋の中へ隊員を集めた。

三人パーティーの五〇メートルほど前方を、赤と黄色のパーカーを着た二人連れが、北穂へ向かっていた。急な落ち込みを下っているとき、山全体が暗くなり、大粒の雨が岩場を叩いた。岩に飛沫《ひまつ》が上がり、深い霧の中にいるようになった。赤と黄色のパーカーの二人連れの姿はとうに見えなくなった。

三人パーティーは、岩陰に身を縮めた。雨は冷たく、恐ろしく寒かった。激しい雨は、四十分ほどで小やみになった。山に明るさが戻ってきた。

行動を再開して二十分ほどしたところで、前方一〇〇メートルぐらいのところに黄色のパーカーの一人が岩陰に見え隠れしていた。雨の前に見えていた二人連れの一人だと思ったが、赤のパーカーの人は見えなかった。

最低鞍部を越え、突き上げるような登りにかかったところで、「赤の人が見えないな」と、三人パーティーの一人がいった。「そういえば」と、あとの二人がいった。飛驒泣きの難所にかかっても、それは同じで、濡れて光る黒い岩陰に見え隠れするのは、黄色のパーカーだけだった。

三人パーティーは、予定より一時間ばかり遅れて北穂高小屋に到着した。

濡れたジャケットを脱ぐと、山小屋のおやじに、赤と黄色のパーカーを着た二人パーティーは着いているかと、リーダーがきいた。

おやじは首を横に振り、知り合いかと逆にきいた。リーダーは、大キレットでの雨の前と後に見たことを話した。

おやじは数分、考え顔をしていたが、「気になることだから、涸沢の常駐隊に知らせておこう」といって電話したということである。

「三人パーティーには、赤と黄色の服装の登山者が二人連れに見えたが、じつは二人とも単独行で、二人が接近して縦走していたことも考えられるな」

小室が隊員の顔を見ていった。

「赤と黄色の服装の二人は、男性でしょうか、女性でしょうか？」

新入隊員の立河花苗《たちかわはなえ》がいった。彼女は長野県警の警察官で、二十五歳だ。常駐隊では最年少である。大学を出て、長野県警に入ったときから山岳救助隊員になるのが希望だった。希望がかなえられなければ、環境《かんきょう》庁の国立公園管理官、つまりレンジャーになるつもりだったという。身長は一六五センチ程度で、美人というほどではないが、清潔感があり、親しみのある顔立ちをしている。

「三人パーティーは、二人とも男に見えたといっている」

「雷雨の最中に、赤のパーカーのほうが、岩場から転落したことも考えられますね」

紫門がいった。

「そうだったとしたら、黄色のパーカーの登山者は、最寄りの北穂高小屋へ届け出たはずだ」

「主任がいうように、二人はじつはパーティーでなく、単独同士で、一人のアクシデントに気づかなかったんでしょうか？」

「そうとしか思えない。アクシデントを知っていて、届け出ないということはないだろうからな」

「赤のパーカーの人の事故に気がつかなかったとしても。黄色のパーカーの人が、北穂高小屋にいないというのは、なぜでしょうか？」

立河花苗がいった。

「涸沢へ下ったんじゃないかな？」

小室はタバコに火をつけて、窓のほうを向いた。

黄色のパーカーの登山者が、北穂を通過して縦走をつづけていることは考えられない。北穂高小屋の次に縦走路にある山小屋は穂高岳山荘だが、その間は約三時間を要する。いかに夏場とはいえ、午後四時以降に行動することはまず考えられない。穂高岳山荘へ到着するのが日没になるのを考えれば、北穂高小屋へ宿泊したはずである。

黄色のパーカーの人は、露営《ろえい》登山なのか。

その登山者も、激しい雷雨に叩かれて、着衣は濡れているはずだ。

「主任、北穂高小屋へ行かせてください」

紫門はいった。

「どうするんだ？」

「三人パーティーに会って、詳しく話をきいてみたいんです」

「なぜ？」

「三人パーティーが見た二人連れは、単独行がたまたま二人連れになったのかもしれませんが、ぼくには、一緒に行動していたように思われます。雷雨の中を少しでも雨に当たらない場所をさがしているうち、一人が転落した。それを知りながら、一人が進んだことが考えられます」

「一人で進んだ登山者は、北穂高小屋に、一緒にいた一人が転落したことを届け出ていないんだよ」

「届け出るとあとが面倒になると思って、山小屋へ寄らずに下ってしまったんじゃないでしょうか？」

「そうだったとしたら、とんでもない不心得者だな」

「二人パーティーで、一人が転落したのに、それを申告しなかったとしたら、犯罪です」

「単独行同士でも、それは同じだよ。転落した人間がどうなるかは、分かっているはずだ」

大キレットから転落したら、十中八九生きていられないだろう。

「よし。寺内《てらうち》と一緒に登ってくれ。三人パーティーからよく話をきいて、その結果を報告してくれ」

寺内は、やはり警官だ。二十七歳で、夏期常駐隊のメンバーである。彼も山が好きで、山岳救助隊員を志望して採用された一人である。

紫門は四年前、年間を通じて山岳地の遭難救助に出動できる隊員の公募に応募して採用されたもので、いわば民間人である。

彼は、青森市出身で三十三歳。東京の私立の名門、教都《きょうと》大学を卒業して、大手機械メーカーに就職し、七年間勤務したが、北アルプス山岳救助隊員に採用されたのを機《しおどき》に、会社をやめた。

現在は松本《まつもと》市に住み、救助隊から出動要請がないときは、アルバイトをして生活費を得ている。

身長は一八一センチ。体重七四キロ。顔立ちが俳優の市川純之助《いちかわじゅんのすけ》に似ているとよくいわれるが、彼はそうみられるのを快く思わない。その俳優はなよなよした感じだからだ。

2

上空からは黒い雲が取り払われ、広がった蒼空《あおぞら》に白い雲が遊んでいた。午後の激しい雷雨は嘘《うそ》のようだった。

涸沢カールのキャンプ場には、色とりどりのテントがお花畑のように点々としている。その数は百二、三十張りあるだろう。

紫門と寺内は、デイパックを背負って北穂をめざした。一般の登山者なら約三時間を要する登りだが、二人は二時間半ぐらいで山小屋に着くつもりである。

午後四時過ぎに登るのは、紫門らぐらいのもので、下ってくる二つのパーティーに出会っただけだった。

一組の中に、疲れきってか、足をふらつかせている若い女性がいた。大丈夫かと、紫門が声を掛けた。四人のパーティーだが、あと三人の男たちの顔にも疲労の色が浮いていた。

「涸沢の小屋までは、あと一時間ぐらいで着けます。どうしても歩けそうになかったら、背負ってあげるけど」

紫門がいうと、その女性は、ここでしばらく休んでから下りますと答えた。

「四人がバラバラにならないようね。まだ日は暮れないから、足元に気をつけて」

初心者らしい四人にいった。

彼らは、けさ、涸沢から北穂へ登り、山小屋で雷雨のやむのを待って下ってきたのだった。

そのあとはもう誰にも会わなかった。岩のあいだに白い花をつけた小草が、冷たくなりはじめた風に震えるように揺れていた。

テント村が小さく見えるようになった。間もなくテントに点々と灯りがともるはずである。前穂高《まえほたか》と、一段ずつ高度を下げている北尾根の突起が、黒い鋸《のこぎり》のように見えてきた。

二人は、二回休んだだけで、北穂高小屋に登り着いた。

小室から電話を受けたといって、山小屋のおやじが、三人パーティーに声を掛けた。

今夜の宿泊者は約六十人という。

紫門と寺内は、食堂の隅のテーブルで三人と向かい合った。

リーダーは紫門と同い歳ぐらいで、あとの二人は二つ、三つ下だった。三人とも陽に焼けて、赤黒い顔をしていた。

話をききはじめてすぐに分かったが、三人はかなり山をやっているようだった。それで、彼らの目撃談は信用できると、紫門は感じた。

「あなたたちが、赤と黄色のパーカーを着た二人連れを最初に見たのは、どの辺ですか？」

紫門がきいた。

「中岳《なかだけ》を通過したところでした」

リーダーが答えた。あとの二人はうなずいた。

「あなたたちとはどのぐらい離れていましたか？」

「五、六〇メートルだった思います」

「そのとき、男か女かが分かりましたか？」

「二人とも男です。間違いありません」

「体格はどうでしたか？」

「そうですね。二人ともそう大きくはなく、特徴のある体形ではありませんでした」

「パーカー以外で目立った物は？」

「赤の服装の人は、グリーンのザックを背負っていました。黄色の人のザックの色は……」

リーダーはメンバーの二人に顔を向けた。記憶しているかと目顔できいていた。

二人は首を傾《かし》げた。覚えていないらしい。

登山装備で目立つ色は、赤や黄色だ。たとえばグレーなどは、少し離れるとどんな色か定めがたい。

「年齢や顔立ちは分かりません」

そうだろう。登山装備は誰のも似たりよったりだ。積雪期だとピッケルを持ったり、アイゼンを着けている。山靴の色は、主流が茶で、たまに黒いのを履いている人がいる。登山用品店では赤い靴も売っているが、実際に山ではめったに見掛けない。靴紐は茶、黄、赤、白だが、五、六〇メートル離れたら色の見分けはつかない。最近は、コンビの軽登山靴を履いている人が多くなったが、これも離れてしまうと、何色《なにいろ》かは分かりにくい。

「帽子はどうでしたか？」

「二人とも、野球帽型のをかぶっていました」

リーダーはいったが、色は三人とも覚えていなかった。

三人パーティーは、大キレットの始まりまで、赤と黄色の二人連れと、五、六〇メートルの間隔をたもって進んでいた。ハシゴの助けをかりて絶壁を下りているところで、激しい雷雨が襲ってきた。下りきったところで岩陰に避難した。まるで夜のような暗さの中で、大粒の雨に叩かれてじっとしていたという。

やがて小やみになった。痩《や》せた尾根を歩きはじめて十分ほどすると、前方七、八〇メートルぐらいのところに黄色のパーカーの人が動いていた。

三人は、中岳からずっと見えていた二人連れの一人だろうと思ったが、赤のパーカーの人の姿は視界に入ってこなかった。

どうしたのかと、三人は訝《いぶか》った。たぶん黄色の人の先を進んでいるのだろうと思った。

「二人連れであることは間違いないでしょうか？」

寺内がきいた。単独行が接近して歩いていたのではないか。それが二人連れに見えたのではないかといったのだ。

「いいえ。二人連れでした。ほとんどくっついて進んでいるように見えましたから」

三人はいずれも山行《さんこう》経験を積んでいそうだ。そういう人たちが、単独かパーティーかを見あやまるはずがない。

寺内は、三人パーティーが雨を避けるためにビバークした地点と、赤と黄色の服装の二人連れが、やはり雨の上がるのを待ったと思われる地点を、拡大図によってきいた。

リーダーは二人のメンバーと話し合って、地図上にボールペンの先を当てた。

寺内が二カ所に赤で×印をつけた。

紫門には、そこがどのような岩場であるかが分かった。横尾《よこお》本谷へ下ることのできる険《けわ》しいコースへの分岐点を過ぎたところだ。コースといっても一般向きではない。天気がよくても、踏み跡を見つけにくく、ハシゴやクサリも架かっていない。激しい雷雨の中を、赤のパーカーの人が単独で、そのコースをたどって下ったとは思えない。

「ぼくたちは、二人連れが一人になったのを見て、雨の間に一人が転落したんじゃないかと思いました。それでこの小屋に着くとすぐに、事故の届け出がなかったかをききました」

三人の話をきいた紫門は、涸沢の小室に報告した。

「登山経験を積んでいる三人パーティーが、赤と黄色のパーカーを着た二人連れに近づけなかったということは、その二人も山歩きに馴れているか、槍と北穂間を縦走したことがありそうだな」

小室はいった。

「ぼくもそう思いました。一人になった黄色のパーカーの男と三人パーティーの間隔は、雨の前よりも開いたそうです」

小室は、あすの朝から大キレットの信州《しんしゅう》側を捜索するといった。

「君たちは、北穂高小屋へ泊まって、あすの捜索に備えてくれ」

小室との連絡を終えると、紫門は小屋の前のテラスに出てみた。濃紺の空に星がいくつも輝いていた。

夕食のあと、やはり夜空を眺めている人たちが何人もいた。たいていの人が厚いジャケットを着ている。

紫門は、小屋の従業員に食事の用意ができたと呼ばれた。紫門と寺内のほかにも、山小屋にしては遅い夕食を摂《と》っている登山者が七、八人いた。

その中に、昼間、黄色のパーカーを着て槍ヶ岳から岩稜を渉《わた》ってきた男がいるのではないかと思うと、紫門の目は自然に七、八人のほうに向くのだった、

山小屋へ入る前に、パーカーを脱いでザックに押し込んでしまえば、誰が昼間黄色の服装だったのかは分からなくなってしまう。

食堂にはクラシック音楽が流れている。この小屋の主人が、昭和三十四年秋、ステレオ装置を備えたのだ。

夕食のメニューは、厚く切った肉のショウガ焼き、サラダ、みそ汁だ。

紫門と寺内は、圧力釜でふっくらと炊けたご飯を食べながら、クラシックの調べをしばらくきいた。

「この山小屋にはファンが多いそうですね」

寺内がいった。

「ああ。『北穂会《きたほかい》』というのができていてね、会のメンバー七人で、利尻岳《りしりだけ》南陵の積雪期初登攀《とうはん》もはたしているんだ」

「冬の利尻ですか。すごいですね」

寺内は、まだ北海道の山に登ったことがないという。

紫門は、大雪山系《だいせつさんけい》や十勝《とかち》、暑寒別《しょかんべつ》の山へは登っているが、利尻へは行ったことがない。

テラスで夜空を眺めていた人たちが、首を縮めて入ってきた。夜気はかなり冷えてきたようだ。

天気予報だと、あすは晴れだが、山岳地はところにより雷雲があるという。

3

翌朝、四時五十分ごろ、日の出を見ることができた。

朝陽は蝶《ちょう》ヶ《が》岳《たけ》あたりに昇る。空が白みはじめ、やがて金色の光芒《こうぼう》が空に放たれる。常《じょう》念《ねん》山脈の稜線が明瞭になって、金色の鋭い光が何度も黒い山影の向こうから天を衝《つ》く。

この日の出を見るために、北穂山頂には大勢が立つ。三脚にのせたカメラが並び、陽がのぞく一瞬をとらえようと目を凝らしている。

全国どこの山にも、ご来光を拝《おが》みに登る人は多い。紫門は少年時代、八甲田山《はっこうださん》でも岩木山《いわきさん》でもご来光を眺めた。東京へ出てからは、富士山《ふじさん》や、谷川岳《たにがわだけ》、槍ヶ岳や、南アルプスの北岳《きただけ》でも日の出を迎えたものである。

きょうははからずも寺内と二人で、北穂高小屋のテラスから日の出を眺めることになった。半分ほど昇った太陽に、不吉なことが起こらないようにと、手を合わせた。

六時に小屋を発ち、急な落ち込みを慎重に下った。左手は鳥さえもとまれないといわれる滝谷《たきだに》だ。深い谷にはまだ陽の光が届いていず、暗い陥没だった。垂直の岩壁を吹き上げる風が不気味に鳴っていた。

大キレットの最低鞍部に下り、縦走路を逸《そ》れて岩壁を下った。

涸沢の常駐隊は、横尾本谷から伸びるコースを登ってくるはずである。

北穂や南岳の東面に陽が当たりはじめ、山全体が明るくなった。

東のほうからヘリコプターの音が近づいてきた。県警のヘリだった。小室主任の連絡によって、転落しているかもしれない登山者の捜索に出動したものらしい。

午前九時少し前、横尾本谷から入った隊員と合流した。その直後である。頭上を旋回しているヘリから無線連絡が入った。遭難者らしい人を発見したという。その人は赤色の上着だといった。

ヘリに指示された地点へ下りた。岩のあいだに人が倒れていた。岩溝に頭を突っ込むようにして、靴底を見せて動かなかった。たしかにその人の上着の色は赤だった。

紫門らは岩を巻いて近寄った。

遭難者は、頭を割って血を流していた。

「きのう、三人パーティーが見た男の一人でしょうね」

寺内が紫門の肩口からいった。

倒れているのは男だった。赤のパーカーの肘が破れていた。転落する間、岩の突起に裂かれたようだ。

遭難者は、ただちにシートにくるまれてヘリに吊り上げられた。横尾に下ろして検視する。

「赤と黄色の二人が縦走中、赤のほうが転落したんじゃないかという推測は、不幸にして当たっていましたね」

寺内が紫門にいった。

「服装からいって、二人連れの一人に間違いないだろうね」

紫門は、ヘリに吊られていく遺体に手を合わせた。

紫門も寺内も、涸沢の基地へ帰った。

小室が労をねぎらった。

彼は、槍ヶ岳に近い槍ヶ岳山荘と殺生《せっしょう》ヒュッテに電話を入れ、きのうの朝、北穂へ向かった二人連れは何組いるか、いればその人たちの氏名と住所を、豊科《とよしな》署に連絡してもらいたいと頼んだ。

二人のパーティーでありながら、一人が遭難したのに、北穂高小屋にそれを届けず下山してしまったことが考えられたからだ。警察ではその不心得者をさがさずにはおけない。


紫門と寺内は、一時間ほど眠ることにした。

遭難通報が入ればすぐに事故現場に駆けつけなくてはならない。だから隊員はいつも体調を万全に整えておく必要があった。

紫門は夢を見た。赤と黄色の服装をした二人の登山者が、縦走路の黒く光った岩場に見え隠れしていた。彼の目にその二人の行動は危険に映った。手足の動かし方が心もとないからだった。彼は早く二人に接近して、注意したかった。が、足場が悪く、なかなか近づくことができなかった。と、切り立った岩壁に一条《いちじょう》の赤い線が垂直に現われた。赤い服装の人が墜落したのだった。

彼は、あっと叫んで目を開けた。横の寺内は眠りこけていた。

槍ヶ岳山荘と殺生ヒュッテから、きのうの朝、北穂へ向かった二人連れは何組いたかの問い合わせに対する回答がこないうちに、大キレット東面で発見された遭難者の身元が判明しそうな物が見つかった。

へリで横尾へ搬送した遺体の持ち物を検《しら》べたところ、シャツの胸ポケットに石本重《いしもとしげ》和《かず》という名札が入っていた。グリーンのザックのポケットから、健康保険証の写しが出てきた。その氏名が名札と一致した。豊科署は、ただちに名札の電話番号へ連絡した。

電話には石本の妻が出て、夫は七月二十日、北アルプス登山に出発した、と答えた。署員は、石本の服装を詳細に尋ねた。妻の記憶と、横尾で検視を受けた遺体の服装や持ち物が合致していた。

そこで、すぐに確認にくるようにと、署員は妻に伝えた。

うろたえはじめた妻に、署員は冷静な口調で、石本の体格、身体的特徴（たとえば、どの部分にホクロやアザがあるか。手術痕や古い傷痕があるかなど）、血液型をきき、本人が常時使用していた物（たとえば、万年筆、愛用の置物など）があったら持参するようにといった。指紋照合のためである。

石本は自宅に登山計画書を置いていた。それによると、七月二十日朝、列車で出発し、その日は横尾山荘に宿泊。二十一日は、槍沢《やりさわ》を登って、槍ヶ岳山荘に宿泊。二十二日は、槍ヶ岳から北穂高へ縦走し、北穂高小屋宿泊。二十三日は下山の途につき、涸沢、横尾を経由して、徳沢園《とくさわえん》に宿泊。二十四日に上高地《かみこうち》経由で松本から列車で帰る、となっていた。

彼は、山行に出るたびに、妻に今回と同様の登山計画書を渡し、途中、天候悪化などで帰宅が予定より一日か二日遅れることがあるから、そのときは山小屋などから予定変更を連絡するといっていたという。

署は、槍ヶ岳山荘へ電話を入れた。

七月二十一日に、石本重和の宿泊該当があるかをきいた。宿泊日が限定されていれば、その日の宿泊カードを繰《く》ってみればよい。

「ありました。石本重和さん、三十五歳。住所は東京都保谷《ほうや》市となっています」

従業員はそう答えた。

「石本さんは、単独行か、それとも同行者がいましたか？」

「単独です」

「二十二日の朝は、何時ごろ出発したか分かっていますか？」

「さあ。分かりません」

槍ヶ岳山荘は、槍ヶ岳の南直下、標高三、〇六〇メートル地点に建っていて、六百五十人を収容できる大規模小屋である。夏山最盛期であるから、一人の宿泊客のことなど覚えていられないはずだ。

山小屋というと、そこのおやじと、いろりを囲みながら就寝前のひととき、山小屋建設の苦心談や、遭難救助に立ち会った思い出話などをきけるだろうと想像する人がいるが、北アルプスの要衝にある山小屋は、増えつづける登山者を収容するために、その規模を年ごとに拡張して昔の風情はない。

槍ヶ岳山荘はその痕跡が顕著で、いくつもの建物が寄り集まっている。増築に増築を重ねてきた軌跡がこうなったのだ。

とにかく石本は、二十一日に槍ヶ岳山荘に単独で宿泊したことだけは確かだ。

彼は、自宅を出た二十日、上高地を経由して横尾まで足を延ばしたようだ。

そこで署員は、横尾山荘に彼の宿泊を確認した。

この山小屋は、梓川《あずさがわ》上流の左岸に建っている。ここまでは梓川沿いにハイカーもやってくる。

穂高への登山基地である涸沢へは約三時間。梓川、槍沢に沿って登れば、およそ六時間で槍の肩に着く。山荘裏手の森林帯を登りつめると、約三時間で蝶ヶ岳と、きわめて便利のよい場所だ。

石本の宿泊はすぐに確認できた。彼はここでも単独だった。

「石本重和さんを覚えている人はいませんか？」

署員は念のためにきいた。

電話に出た従業員は、何人かの同僚に問い合わせていたようだが、覚えている人はいないという。

もっか、横尾では、石本とみられる男の遺体の検視が行なわれている。同行している署員にも、石本が二十日、横尾山荘に宿泊していることを伝えた。

4

石本重和とみられる遺体は、念のため、松本市内の大学医学部で解剖された。その結果、彼は岩場を転落したさいの損傷がもとで即死状態ということが分かった。夏山で転落した場合、即死することが多い。岩が露出しているからだ。精《くわ》しい検査の結果、転落で負った損傷以外に考えられる傷はないという所見が発表された。

豊科署には、石本の妻と兄と知人がやってきて、遺体と対面した。係官は各人に事情をきいたが、遭難を疑うような点はないということになった。

勿論《もちろん》、石本には同行者がいたもようだが、その人に心当たりはないかと質問している。

「誰かと一緒に登るとはいっていませんでした」

妻が、夫が遺《のこ》した登山計画書を係官に見せ、涙声で答えた。

署では、二十二日に槍ヶ岳から北穂高へ縦走中、赤と黄色のパーカーを着た二人連れが、五、六〇メートルから七、八〇メートル先を進んでいた三人パーティーの話を重視はしたが、二人連れの一人が石本の遭難に関与したという証拠がなかったため、彼とは無関係の登山者だったと結論した。

三人パーティーが見た二人連れは、いずれも単独行で、たまたま接近していた。だから後方から見た人たちには、二人連れに見えたのだろう。黄色のパーカーを着用していた登山者は、赤のパーカーの人が激しい雷雨の最中に転落したことを知らず、大キレットを渉り終え、北穂高を越えて涸沢に下ったのではないかと推測した。

だが、涸沢に常駐していた救助隊の要請により、槍、北穂、奥穂《おくほ》、涸沢の各要所に、〔去る七月二十二日、槍、北穂間で、赤と黄色の上着の二人連れ（二人とも男性と思われる）を見かけた人は、涸沢常駐隊、もしくは豊科署へご連絡ください〕という札を出した。

二人を目撃した三人パーティー以外にも目撃者がいる可能性が考えられたからだ。三人パーティーとは逆に、北穂から槍へ向かって縦走していた登山者もいたはずである。現に三人パーティーは、縦走中、何組かと出会ったと話していた。

紫門は、いまのところ唯一の目撃者である三人パーティーの目を疑わなかった。

「赤と黄色のパーカーを着て、ぼくらの前方を進んでいたのは、間違いなく二人連れです」

といった、リーダーの言葉が耳朶《じだ》に灼《や》きついている。

彼と一緒に、三人パーティーから話をきいた寺内も、

「彼の目は狂っていなかったでしょうね」

といった。

紫門と寺内が三人パーティーに直《じか》に会ってきいたことは、小室主任の口から署に伝えられた。だが、上司は、なにがなんでも黄色のパーカーの登山者をさがし出すとはいわなかった。

石本重和は、縦走路の難所で不運にも雷雨に襲われ、逃げ場をさがすうち過って足を滑らせて転落したものとして処理された。県警の記録には「死亡事故一件」が加えられた。


紫門は、三週間ぶりに下山した。交代の常駐隊員が登ってきたのだ。

松本市内に借りているアパートへ帰った。

山で着ていたものを洗って干した。山靴も洗って、日陰干しにした。里へ下ってあらためて見ると、山靴は傷んでいた。そろそろ買い替えの時期かと思ったが、履き馴れた靴は捨てがたいものだった。

東京にいる恋人の片桐三也子《かたぎりみやこ》に電話し、下山したことを伝えた。

彼女は、出身大学の事務職員だ。

三也子は四年前、紫門と同じく北アルプス山岳救助隊に採用された。山岳パトロールとして二年間、夏の涸沢に常駐した。

救助隊員になるために、東京で勤めていた大学の事務職員をやめたが、復帰して、いまは臨時雇いとして勤めている。

夏休み中だから、紫門が下山してきたら松本へ行きたいと彼女はいっていた。

「死亡事故があったのね。新聞で見たわ」

三也子はいった。

紫門は、石本重和の遭難を話し、彼の死亡に不審を抱いているといった。

「また、いつもの虫が騒ぎ出したのね」

納得しないと、とことんまで追及したくなる彼の癖のことを彼女はいった。

三也子は、あすの昼前に着く特急で松本へ行くと、弾んだ声でいい、

「プレゼントがあるの」

といった。

彼は、今夜にも彼女に会いたいと思った。

紫門は、松本駅のホームで彼女を迎えることにした。

ホームは行楽客で混雑していた。大型ザックを背負った登山者がいた。北アルプスに登っての帰りらしく、ザックに汚れた山靴を結びつけた男たちもいた。

陽射しは強いが、ホームを吹き抜ける風は涼しかった。

東京からの列車の到着をアナウンスが告げた。今度の特急は松本どまりである。

列車からホームへ吐き出された人たちの中から、白い帽子の長身の女性が近づいてきた。紫門を見つけると手を挙げて、はにかみ笑いをした。三也子だった。

彼女は、クリーム色のシャツに白いパンツだった。布製の白いバッグを肩に吊り、紙袋を提《さ》げていた。

彼は、彼女のバッグを持ち、そっと手を握った。彼女は固く握り返した。

二人が会うのは一カ月半ぶりだ。

「陽に焼けたわね」

「いい天気がつづいたからね」

紫門の真っ黒い顔と腕に比べて、三也子の長い腕は白かった。この前会ったときとは髪型が変わり、すこし短く切っていた。

それをいうと、

「よく気がついたわね」

「それぐらいは……」

「あら。前に短くしたとき、わたしがいうまで気がつかなかったわ」

二人は、駅から五、六分歩いた。

街路樹のナナカマドが、緑の枝を広げている。濃い陽を受けて、風に揺れる細い葉が光った。

二人で何度もきたことがあるレストランで向かい合った。

三也子は、プレゼントだといって、紙袋を差し出した。

「開けていいかい？」

「気に入ってもらえるかしら」

薄い紙に丁寧《ていねい》に包まれていたのは、麻のジャケットと胸に小さなワンポイントのあるスポーツシャツだった。

「高そうな物じゃないか」

「少し、無理したわ」

彼が、ジャケットをたたみ直そうとすると、いま着てみてくれと彼女はいう。

彼は、周りにいる客やレストランの従業員の目を気にしながら、袖をとおした。

「似合うわ」

「麻のジャケットなんて初めてだよ。ありがとう」

彼は、それを着たまま、食事することにした。

三也子は、石本という男の遭難について詳しく話してくれといって、彼の目を見つめた。

彼は、赤と黄色のパーカーの二人が、縦走路の岩場を見え隠れしながら進むようすを、目撃者である三人パーティーの視点になって話した。

「目撃した三人は、山登りに馴れている人たちなの？」

「かなり経験を積んでいるらしい。大キレットを渉るのは三回目だといっていた」

「あなたは、三人パーティーの話を信用しているのね？」

「彼らのいうことは間違っていないと思う。赤と黄色のパーカーは、二人連れにちがいなかった。激しい雷雨のあと、黄色いパーカーの人しか見なかったのは、一緒にいた赤のパーカーの人が転落したからだ」

「赤のパーカーを着た人が、遺体で発見されたんですものね。……黄色の人が、赤の人の転落を知らないわけないわね。その人は、なぜ一緒にいた人の遭難を、山小屋に届けなかったのかしら？」

「そこが問題なんだ。黄色のほうには、届けられない理由《わけ》があったと、ぼくはにらんでいる」

「たとえば、どんな理由？」

「赤のほうが、過って転落したんじゃなくて、黄色のほうが突き落としたとか……」

「えっ。それでは、殺人じゃないの」

三也子はいってから、口に手を当てた。周囲の人の耳が気になったのだ。

「赤のほうが、過って落ちたんなら、そのように届ければいい。届けていないから、ぼくは犯罪を感じているんだ」

「黄色の人は、北穂高小屋を素通りしたわけね」

「たぶん、涸沢へ下ったと思う」

「涸沢にある二つの山小屋のどちらかに泊まったのかしら？」

「一緒にいた人間を突き落としたとしたら、露営したような気がするんだ。あとで調べられたときのことを考えて、山小屋泊まりを避けたんじゃないかな」

「だとしたら、最初から殺意を持っていたことになりそうね」

「石本を殺す計画で、縦走したんじゃないかと思う」

石本は、七月二十日に横尾山荘に、二十一日は槍ヶ岳山荘にいずれも単独で泊まっている。黄色のパーカーの男とは、縦走中に出会ったのだろうか。

黄色のパーカーは、石本を難所で殺すため、偶然に出会ったように装ったのか。

「遺体は、解剖したの？」

「ああ。他殺の痕跡はまったく認められないということだった。岩場から転落させるなら、凶器なんか使う必要はないからね」

「相手に向かって、腕を突き出すだけですものね。……あ、紫門さん……」

彼女は、アイスクリームをすくったスプーンを宙でとめた。

「黄色のパーカーの人が、石本さんに殺意を抱いて山に登ったとしても、凶器を使わずに転落させることに成功したのなら、石本さんが過って転落したと、堂々と申告してもよかったんじゃないかしら？」

「それをせずに逃げたということは、石本と一緒に山に登っていたのが分かってはまずい人間とみていいんじゃないかな？」

「前から、石本さんに恨《うら》みでも持っていた。それを知っている人がいるということ？」

「石本に恨みでも持っていたとしたら、石本は黄色のパーカーの男に会った段階で警戒し、一緒に縦走はしなかっただろうね」

「そうよね。相手の殺意なんか微塵も感じていなかったから、一緒に行動していたのよね」

「とにかく黄色のパーカーの男は、石本との山行を人に知られたくなかったんだろう。二人のあいだにどんな事情があったか分からないけど」

三也子は、黄色のパーカーの男も、石本と同じように、二十一日に槍ヶ岳山荘に宿泊しているのではないかといった。

槍ヶ岳山荘にはキャンプ場があって、三十張りぐらいの広さがある。黄色のパーカーの男は、そこで露営して、山小屋に泊まった石本が二十二日朝、出発するのを待ちかまえていたことも考えられる。

5

三也子と話しているうちに、紫門はあることに気がついた。

石本が泊まった二十一日朝、槍ヶ岳山荘に何人単独行の登山者がいたかを知りたくなった。その中に黄色のパーカーを着た男がいたような気がする。気の遠くなるようなことだが、その日一人で泊まった男を片っ端から調べたら、黄色のパーカーの男を割り出せるのではないか。

石本の身辺を調べ、また二十一日の単独行の男の身辺を洗えば、接点のある人物が浮かんでくるのではないだろうか。

紫門が、槍ヶ岳山荘に連絡して、二十一日に単独で宿泊した人をピックアップしてくれと頼んでも、引き受けてはくれないだろう。

「小室主任に頼んでみたら」

三也子がいう。

小室なら可能だ。彼は警察官であるし、北アルプス南部の山小屋経営者や管理人とは顔なじみだ。

紫門は、レストランから涸沢の常駐隊に電話した。

「下山して二日目だというのに、もう山が恋しくなったのか?」

小室主任はいった。

「当分休ませてください。松本で登山装備の人を見ても、うんざりします」

紫門は、三也子と話していて思いついたことをいった。

「例の好奇心が頭をもたげてきたな」

小室は三也子と同じことをいった。だが、彼にも、石本が二人連れで縦走していたらしいことが気になっているようで、槍ヶ岳山荘に単独で泊まった登山者を調べることには賛成だといった。紫門の調査を側面から援《たす》ける意思があるようだ。

紫門は夕方、再度、小室に電話を入れることにした。

彼と三也子は、松本城の濠《ほり》に沿って散歩した。二人で何度も歩いた道であるが、彼女はここが好きだという。

旧開智《かいち》学校の見える小さな喫茶店に入った。この店をやっている夫婦とは、紫門と三也子が涸沢に常駐しているときに知り合った。夫婦とも山好きで、毎年盛夏になると十日間ぐらい、涸沢で過ごすのだった。その間、店は娘とその友だちに任せるのだ。今年も八月に入るとすぐに登るつもりだといった。

喫茶店の電話を借りて、小室に掛けた。

小室は、槍ヶ岳山荘に紫門のいったことを依頼した。山荘では二十一日の単独宿泊者をピックアップしたから、そのリストをファックスで送ると答えたという。

それをきいて、槍ヶ岳山荘へ直接電話し、喫茶店の電話番号を教えた。
二、三分してファックスが動き出した。
七月二十一日に単独で宿泊した登山者は二十三人いた。その中には女性が四人含まれていた。

リストには、氏名、年齢、住所、緊急連絡先の電話番号があった。

宿泊カードには、次の日の行動が記入されているはずだが、山小屋の従業員はその記述を省略していた。槍ヶ岳へ登頂して下山した人もいるだろうし、東鎌尾根《ひがしかまおね》を大天井岳《てんしょうだけ》方面へ縦走した人も、北穂へ向かった人もいただろう。

「この人たちに電話して、なんてきくの？」

三也子がリストを手にしていった。

「二十二日は、どこへ行きましたかときくことにするよ」

「なぜそんなことをきくのかって、いわれそうね」

「山岳救助隊だが、七月二十二日に起きた遭難について調べているというよ」

「あなたのきくことに答えてくれるといいわね」

「相手は確実に北アルプスに登った人たちだ。大キレットの遭難について参考までに調べているといえば、答えてくれると思う」

「あなたは、そういうことが上手だものね。……この二十三人の中に、石本さんと一緒に大キレットを渉った人がいるかもしれないわね」

「いることを期待しているんだが」

「その人に当たったら、あなたの質問に、なんていうかしら？」

「ぼくは、誰に対しても、耳を澄まして、慎重に話す。相手の答え方で怪しいと感じたら、その人の身辺を調べてみることにしようと思うんだ」

「石本さんの身辺を調べることも、大事ね」

「案外簡単に、黄色のパーカーの男が分かるということも考えられる」

「黄色のパーカーの人が分かったら、その人に会うのね？」

「会って、なぜ石本の転落を最寄りの山小屋か、近くにいた登山者に知らせなかったのかをきくさ」

「危ないことをしそうな人だったら、そのあとは警察に任せることにしてね」

槍ヶ岳山荘から送られてきたリストをあらためて見ると、都会とその周辺から山にくる人がいかに多いかが分かった。これは単独行の人たちだが、地元の松本市に住む人が一人、山梨県甲府市に住む人が一人で、あとは、東京都、千葉県、神奈川県、愛知県、大阪府などだった。

三也子は、市内のホテルに一泊して帰った。彼女は、紫門が調査のために間もなく上京することを予想したのだった。

彼女を松本駅で見送ると、彼はすぐにアパートへ帰った。

きのう、槍ヶ岳山荘からファックスで送ってもらったリストを開いた。

まず松本市内に住む男に電話を掛けた。その人は自宅にいた。写真を撮りに槍ヶ岳へ登ったという。

「二十二日に、槍から北穂へ縦走した二人連れを目撃した人をさがしています」

紫門はいった。

「私は、二十一日に槍ヶ岳山荘に泊まり、二十二日は槍ヶ岳山頂に登りました。午後、頂上で激しい雷雨に遭い、ぐしょ濡れになりました」

彼は二十二日も同じ山小屋に泊まり、二十三日、横尾経由で帰宅したと答えた。

紫門はその人の名を赤のペンで消した。

次に甲府市に住む男に同じように電話した。妻らしい人が出て、「主人は市役所にいます」と答えた。甲府市役所の職員らしい。紫門は妻らしい人から部署をきいて掛け直した。

その男は、二十二日、槍ヶ岳山荘を出て、双六小屋《すごろくごや》へ縦走し、鏡平《かがみだいら》経由で新穂高《しんほたか》温泉へ下ったと答えた。

槍ヶ岳山荘を出るとき、赤と黄色のパーカーの二人連れを見なかったかときいたが、気がつかなかったという。

話していて、この男も石本と一緒に縦走していないと判断し、赤線で消した。

紫門の問い合わせは、住所が東京都内の人に移った。

五人に問い合わせることができた。その四人は槍ヶ岳へ登頂しただけで下山したと答えた。二十一日の夜か、二十二日の朝、赤と黄色のパーカーを着た人に記憶はないかときいたが、赤や黄色のジャケットを着ている人は何人もいたと思うといい、石本らを特定することはできなかった。

都内に住所のある六人目に掛けた。すると女性の声のテープが、「お客様がお掛けになった電話番号は、現在使われておりません」といった。

紫門は、その番号をもう一度押してみた。やはりテープが同じことを繰り返した。リストには、〔三富秀次《みとみしゅうじ》(35)　東京都江戸川区《えどがわく》南小岩《みなみこいわ》〕となっている。遭難死した石本重和と同い歳である。

紫門は、槍ヶ岳山荘へ電話した。リストの中の三富秀次の電話番号は間違っていないかときいた。

「いいえ。違っていません」

山荘の従業員は答えた。

「そのほかの電話番号は記入されていませんか？」

「電話はそれだけです」

「登山計画はどうなっていますか？」

「次の日は、横尾経由上高地と書いてあります」

つまり槍ヶ岳登頂を目的の山行ということだ。

紫門は、涸沢の小室主任に電話した。小室は夕飯の最中だったとみえて、口ごもっていた。

使われていない電話番号を記入した三富秀次のことを話した。

「そいつは怪しいな。住所を確認してみよう」

小室は、交代で下山した寺内に連絡して、三富秀次の住所確認を頼むといえといった。

署に帰った寺内は、県警本部を通じて警視庁《けいしちょう》に連絡する。本庁は所轄署に、該当の住所に三富秀次という人間が居住しているかどうかを確認する。こういう場合、交番が威力を発揮する。

寺内は、三日間休暇をもらえたから、紫門の調査を手伝うといった。彼も独身である。

「警察の力を借りたいときは連絡する。いまのところぼくだけでやってみるよ」

寺内は、三十分後に電話をよこした。

「三富秀次という男は、たしかに怪しいですね。宿泊カードに記入した住所にも居住該当がないということです」

「そうか。こいつが黄色のパーカーの男の可能性があるな」

紫門は、リストにある二十三人中八番目に三富秀次に当たったのだ。この男が気になり出し、あとの十五人への問い合わせを後回しにすることにした。

「三富が、石本と一緒に縦走した男としても、電話も住所もでたらめなら、身元を割り出すことはできませんね」

寺内だ。

「警察でも不可能だろうね。偽名の疑いもあるし」

紫門は横尾山荘に電話した。七月二十日に三富秀次という宿泊者がいたかをきいた。横尾山荘では紫門は知られている。

主人が応じて、宿泊カードを繰ってくれた。が、その氏名の宿泊者はいなかった。

石本はやはり単独で大キレットを渉っていたのだろうか。黄色のパーカーの男と接近して進んでいて、一度や二度、言葉を交わしたことがあったかもしれない。それを後方の三人パーティーが見て、二人連れと錯覚したのか。

激しい雷雨がやってきたとき、二人は離ればなれになっていた。だから、石本が過って転落したのを、黄色のパーカーの男は見ていなかったということか。

だが、北穂高小屋に着いたのは午後三時半ごろだ。三、〇〇〇メートル級の山ではそれ以降の行動は慎むのが常識である。それを無視して下山した点にも疑問を感じる。

それと、三富秀次と記入している男には疑惑を抱く。偽名や偽の住所を記入し、もしも事故が起きたら、連絡のしようがないではないか。この男は、山小屋には偽名で泊まったが、着衣やザックには本名と正確な連絡先を書いたものを入れていたのだろうか。

紫門はあす、上京することを決めた。

それを三也子に知らせた。

「もうこれるの」

彼女は笑うような声を出した。

「石本の家族に会ったり、彼の身辺を調べてみることにする。その結果、三富秀次という名を使った男が分かるかもしれない」

「早く分かるといいわね」

彼女は、協力できることがあったらいいつけてくれといったあと、危険を感じたら、深追いはやめてといった。

紫門は旅装を整えた。

三也子のプレゼントの麻のジャケットと、スポーツシャツを着ていくことにした。

窓が光った。近いところで雷鳴がした。

二章　赤い唇《くちびる》、白い指

1

上京した紫門は、保谷市の石本重和の自宅を訪ねた。

彼は、保谷市の位置は知っていたが、やってきたのは初めてだった。都区内の住宅地とほとんど変わりなく、木造二階建ての住宅がぎっしり並んでいた。古い立派な構えの家もあった。

石本の家には丸顔の細君がいた。女の子が一人いて、幼稚園へ行っているという。大キレットで石本を捜索し、収容した救助隊員だというと、細君が丁寧に腰を折った。

紫門は、真新しい祭壇の遺影に焼香した。

細君は小振りのテーブルにコーヒーを置いた。緑色のカップは上質の物に見えた。

「じつは気になることがあって、お訪ねすることになりました」

紫門は切り出した。

正座した細君は怯《おび》えるような目をした。

彼は、大キレットにさしかかる前に、二人連れを見ていたという三人パーティーの話を伝えた。

「赤のパーカーを着ていたのは、石本さんに間違いないと思います。奥さんには、黄色いパーカーを着て、石本さんと一緒に縦走していた人の見当がつきますか？」

彼女は首を横に振った。

「主人は、誰かと一緒だとはいっていませんでした。わたしが登山をしたことがありませんので、いつも詳しいことはいいません。山から帰ってくると、写真を見せましたが、わたしが興味を持っていないと思ってか、あまり山の話をしませんでした」

小柄な細君は目を伏せて話した。睫《まつげ》の長い人だった。

「石本さんは、今回もカメラを持っていかれたでしょうね？」

「はい」

「そのカメラに入っていたフィルムは？」

「現像しました」

紫門が見せてくれといわないうちに、彼女は膝を立てた。

石本の写真は、ネガとともに紙袋に入っていた。三十六枚撮りのフィルムを装塡したが、十二枚撮っているきりだった。

最初の二コマは上高地から、穂高を狙ったもので、ハイカーが何人も入っていた。次に野鳥が写っていた。たぶん梓川左岸の道を歩くうち、地面に下りた小鳥をとらえたものだろう。

徳沢の草原を撮っていた。ひと休みする前に、テントのある草原と山小屋を入れたものらしい。

梓川を撮ったのが二枚あった。これも川沿いの道からのアングルだった。川の行きどまりに緑の山があった。川の対岸は浅緑のカラマツ林だった。この道を歩くたいていの人は、明神岳《みょうじんだけ》や前穂高岳を見上げてカメラを構えるものだが、石本はそれをしていない。彼はこの道を何度も往復し、過去に飽きるほど撮っているからではないか。

右に横尾山荘、左に梓川に架かる橋を入れていた。道が大きく右にカーブするところから狙ったアングルだった。紫門にも同じアングルの写真が何枚かある。

次は黒い岩峰だった。日没近いころ、前穂を仰《あお》いだものだろう。肉眼には迫力をもって映るが、小さな写真になってしまうと、空と稜線がくっきりしているだけで、むしろつまらない構図である。

ここまでが七月二十日の撮影だということが分かった。

次が樹間に山小屋がのぞく一枚だった。これは槍沢ロッジだ。

その次は三角尖峰の槍ヶ岳だった。槍沢をのぼっていて、眼前に大きく槍が現われ、感激してカメラを取り出して撮ったものだ。空は蒼く、槍の穂の背景に白い雲が浮いている。下のほうには白い岩がゴロゴロしている。これが槍ヶ岳への登山道だ。

　ここまでが二十一日に撮ったものだ。

　あと二枚は、槍ヶ岳山荘のある槍の肩から、岩場を登り下りする人たちをとらえていた。いかにも人気のある高山に立っているという写真だった。右の角に空がのぞいているが白っぽく写っている。二十二日の朝は晴れていなかったということだろう。

　紫門の期待ははずれた。十二枚の中に黄色の服装をした人は写っていなかった。

　二十二日、石本は北穂へ向かったのだが、山小屋を出て写真を二枚撮っているきりだった。

　その日の午前中、紫門のいた涸沢の上空は晴れていたが、槍ヶ岳には雲が出ていたのだろう。それと、これから難所を縦走するということで、カメラをザックに入れて取り出さなかったのではないか。

　紫門は細君に、石本は過去に槍ヶ岳へ登っていたかときいた。

「行っていたと思います。今度が三回目というようなことをいっていましたから」

　過去二回の山行で、槍ヶ岳周辺や山頂からの眺望を撮りつくしていたのだろう。だから二十二日は、カメラをザックにしまい込んだものにちがいない。カメラを首に吊ったり肩に掛けていると、歩きにくいものだ。ポイントでザックから取り出して撮影するほうが、安全でもある。

「石本さんには、一緒に山に登るお友だちがいましたか？」

「同じ会社に勤めている人と、年に一、二回行っていました。それから、山で知り合った人が二人いました」

石本は都内の明星探偵社《めいせいたんていしゃ》に調査員として勤務していたが、今年の六月、退職したのだという。

「明星探偵社には、長く勤めていたんですか？」

「七年ぐらいです。わたしと結婚したときは勤めていました」

「退職理由はなんでしたか？」

「前から仕事が嫌だといっていました。わたしが不安がると思ってか、めったに口にしませんでしたが、調査の仕事が性《しょう》に合っていないことを知ったようでした」

石本は、再就職先をさがしていたという。
二、三社の面接試験を受けたが、採用されなかったり、条件が合わなかったりした。
「気分転換に山へ行ってくるといって、出掛けました」

細君は、恨めしげな目をして、夫の遺影のほうを向いた。

石本と一緒に山行をしたことのある元同僚と、そのほかの山友だちの名を、紫門はきいてノートに控えた。

石本の話だと、石本は友だちは少ないほうだった。性格は内気なほうで、気の合う人としか付き合わない。大勢で飲食することも好まず、登山以外の趣味といえば、読書か、ビデオを借りてきて映画を観るぐらいのものだったと、細君は力のない声で夫を振り返った。

小柄で細い腕をした彼女は、夫を失った寂しさと不安で、からだがしぼんでいるように見えた。

この住宅はたぶんローンで買ったものだろう。幼い子供を抱えた彼女は、これからどうやって生きていくのかと、紫門はぼんやり考えた。

彼女に別れを告げて外へ出ると、彼はあらためて世帯主のいなくなった家を振り返った。小ぢんまりとした家は新しかった。せまい庭に沿って植木が見えたが、それの丈も短かった。おそらく二、三年しかたっていないのではないか。

家を買ったサラリーマンは、仕事が不向きと分かっても、簡単には勤務先をやめないような気がする。先行きの暮らしを考えたら、多少嫌なことがあっても我慢しているのではないか。

石本は、たとえば他社から誘われて探偵社を退職したのではなさそうだ。再就職の見通しのないままやめたようである。前勤務先でトラブルでもあったのではないか。

紫門は、石本のほんとうの退職理由を知りたくなった。

2

明星探偵社は、港区《みなと》南青山《みなみあおやま》にあった。紫門は、地下鉄銀座《ぎんざ》線の外苑前《がいえんまえ》駅で降りた。そこからすぐだった。

緑色のタイルを貼ったビルは、わりに新しかった。探偵社はそのビルの三階と四階に入っていた。彼は小規模な探偵社を想像してきたが、社員が何十人もいそうである。

三階の受付の女性は、紫門を見ると椅子を立ち、

「調査のご依頼でしょうか？」

ときいた。

彼は、最近退職した石本重和のことについてききたいといった。

応接室に通され、十分ほど待たされた。曇りガラスの仕切りの向こうでは、ひっきりなしに電話が鳴った。忙しそうな雰囲気だ。

メガネを掛けた小柄な男が入ってきた。人事担当だといって、名刺をくれた。

紫門は山岳救助隊の名刺を出した。人事担当者は、その名刺を珍しそうに見つめた。

紫門は、あらためて用件を話した。

男は、石本が北アルプスの難所で遭難死したことを知っていた。

「当社の社員だった者のことですから、それは驚きました」

といった。

男は、応接室の隅の電話を掛け、「イチカワ君はいますか？」といった。

すぐにイチカワという社員に代わったらしい。彼は石本の人事記録を持ってきてくれといった。
二十五、六歳に見える女性が、水色のファイルを持ってきた、彼女のユニホームの胸に「市川《いちかわ》」という名札がついていた。彼女は、紫門をちらりと見て出ていった。
「石本は、六月末日に、一身上の都合で退職しました」

メガネの男は、ファイルを膝の上で開いて答えた。

紫門は、石本の退職理由はなんだったのかを尋ねた。

「詳しいことは退職願に書いてありませんが、たぶん転職だったと思います」

事務的な答え方である。

「石本さんは、こちらをやめたあと、再就職先をさがしていたようです。転職先が決まっていたら、さっさとそこへ入社しているはずですが」

「そうですね。どういう事情があってやめたのかは分かりませんが、当社をトラブルがあって退職したのでないことだけは確かです」

「石本さんは、調査員だったそうですね？」

「はい」

「どのような仕事をなさっていたんでしょうか？」

「それは詳しくお話しできません。ご存じと思いますが、当社では依頼者の秘密に関することを扱います。彼がやっていた仕事の内容についての説明はご勘弁ねがいます」

戸をぴしゃりと閉めるようないい方だった。

紫門は、石本が約七年間勤務し、円満に依願退職したことしかきけなかった。

石本の遭難には疑問な点があるといってみたが、人事係の口は固かった。

紫門はしかたなく帰ることにした。

石本は、北アルプスでは屈指の難所で遭難死した。そこがどんな場所か、どんなふうに死んでいたのかをきかれるかと思っていたが、メガネの男は興味がないのか、新聞で読んで大体のことが分かっているからか、ほとんど質問しなかった。なにごとにも無感興《むかんきょう》な性格の男なのか。

紫門は公衆電話から、さっき書類を持って応接室へ入ってきた市川という女性に掛けた。さっき会った男に知られないように、話をききたいのだが、仕事が終わってから会えないかときいた。

彼女は、午後六時なら会ってもよいといった。

渋谷《しぶや》駅前の喫茶店の名をいうと、そこなら知っていると、彼女は周りにいる人の耳を気にしていないような声で答えた。

市川という女性は、六、七分遅れてやってきた。

「すみません。遅くなって。お待ちになったでしょ」

彼女は親しい者に会うようないい方をした。声は明るくて大きかった。

紫門の出した名刺を見てから、市川佳代子《かよこ》だと自己紹介した。

「紫門一鬼さんて、珍しいお名前ですね」

「ぼくの父は俳句をやっています。俳人には鬼の字のつく人が多いんです」

「知りませんでした。わたしは俳句なんか作ったことがありませんので」

彼女は白い歯を見せた。八重歯がのぞいた。目が大きく、かたちのよい唇をしている。

「山岳救助隊員の方は、いつも山に入っているんですか？」

「ぼくは最近の三週間、穂高の麓《ふもと》の涸沢というところに、遭難防止と救助の常駐隊として入っていました」

「三週間も……。それで陽に焼けていらっしゃるんですね」

「夏も冬も、陽焼けのさめるときがありません──」

彼女は、さっきの男と違って、紫門の仕事に興味を持ったようだった。

山へ登ったことがあるかと、彼はきいた。

「高校のとき、一度だけあります」

「どこへ登りましたか？」

「上高地から徳本峠《とくごう》へ登りました」

ハイキングだ。

「目の前に穂高が見えたでしょ？」

彼女は、夏休みに友人たちと行った山歩きを思い出したようだった。初めて眺めた岩峰に圧倒され、全員が声を上げたという。

「でも、登りがすごくキツかったです。帰って来て二、三日、足が痛くて歩けないくらいでした」

紫門は笑った。

佳代子は、大きなザックを背負って登る人たちの体力が、不思議だったといった。

「石本さんは、どんなところで遭難したんですか？」

「槍ヶ岳と北穂高岳の位置が分かりますか？」

「槍ヶ岳なら分かります」

「二つの有名な峰をつなぐ縦走路の中間に、大キレットという岩稜の難所があります。冬は上級者でないと渉れません。ゴツゴツした岩に、手や足を慎重に掛けて進むんです。下を見たら足がすくんで動けなくなるようなところです」

「恐い」

彼女は胸に手をやった。白い指は細くて長かった。

「大キレットを渉っているとき、激しい雷雨がありました。激しい雨は四十分間ぐらいで上がりましたが、その間に、石本さんは断崖から墜落したようです」

石本が墜落する瞬間を目撃した人はいないようだが、赤いパーカーの彼と一緒に黄色のパーカーを着た人が縦走していた。雨が上がり、山が元の明るさを取り戻すと、七、八〇メートルから一〇〇メートルほど後方にいた三人パーティーの目に、黄色のパーカーの人だけが映り、赤のパーカーを着た人の姿は見えなかった。

紫門の話の意味を、佳代子は呑《の》み込《こ》んだ。

「二人連れが一人になっていたので、それを見た三人パーティーは、おかしいと思ったんですね」

「そうです。三人パーティーが北穂高小屋へそのことを通報したので、次の日に石本さんを発見することができました。三人が見ていなかったら、石本さんは行方不明ということになり、奥さんの捜索願によって、ぼくたちが彼をさがすことになったはずです」

「石本さんと一緒に縦走していた人は、彼の遭難をどこにも知らせずに下山してしまったんですね」

「それでぼくは、黄色のパーカーを着ていた登山者をさがすことになりました」

「黄色のパーカーの人には、石本さんが墜落したことを話せない理由がありそうですね」

彼女はそういってから、急に眉間に皺を寄せた。

「もしかしたら紫門さんは、石本さんは突き落とされたんじゃないかって思っていらっしゃるのでは？」

紫門は、ゆっくりと顎を引き、それ以外に考えられないと目でいった。

佳代子は、白いバッグの留め金をはずした。タバコを取り出した。赤いライターで火をつけた。白いフィルターに薄く紅がついた。

「石本さんの退職理由をご存じですか？」

彼女の指のあいだから立ち昇る紫色の煙を見ながら、紫門はきいた。

「転職ではないのでしょうか？」

「さっきの人もそういってましたが、石本さんは再就職先をさがしていたということです。……彼は奥さんに、仕事が嫌になったというような話をしていたことがあるそうです」

「七年間も勤めていたのに……」

彼女は考え顔になった。灰皿を引き寄せてタバコを消した。

　明星探偵社には社員が何人いるのかをきくと、二十六人で、そのうち十九人が調査員だという。そのぐらいの規模の会社なら、人事を担当している人でも社員の各人を知っているだろうときくと、

「たいていのことは分かります。人事担当といっても、経理以外は、庶務課の者が一切やっているものですから」

「石本さんは調査員として、向いていましたか？」

「おとなしい、真面目な人でした。強引で乱暴な口の利き方をする調査員もいますが、石本さんはそういう人とは正反対の感じでした」

「彼がどんな調査を担当していたのか、あなたはご存じでしたか？」

　彼女は首を傾げた。知らないのか、答えられないのか判断しがたい表情である。

「明星探偵社には、石本さんのように登山をする人がいますか？」

「一人は知っています」

「いくつぐらいの方ですか？」

「石本さんより、二つか三つぐらい上だったと思います」

　三富秀次という偽名で槍ヶ岳山荘へ泊まった男は、宿泊カードに三十五歳と記入している。石本と同じ歳である。年齢を偽っていることも考えられる。

　紫門は、登山好きの社員が、七月二十二日に出社していたかどうかを、確認しても

らえないかと、佳代子に頼んだ。

彼女はうなずいた。分かったらどこへ連絡すればよいかときいた。

紫門は、上京するといつも大学の同級生だった石津《いしづ》の家へ泊まることにしている。石津は大蔵《おおくら》省勤務だ。自宅は中野《なかの》区にある。

紫門は佳代子にいったん渡した名刺に、石津家の電話番号を書き込んだ。

彼は伝票を摑《つか》んで椅子を立ち、彼女に礼をいった。

「背が高いですね」

彼女は、彼を初めて見たようなことをいった。

「あなたも、女性にしては長身のほうでは」

彼女の身長は一六二、三センチだろう。

二人は向かい合って笑った。

彼が、一杯飲《や》ろうか、といえば笑顔のままうなずきそうな感じだった。


三也子と夕食を摂った。きょうの調査の内容を話した。

彼女も、石本が探偵社をなぜ退職したのかに疑問を持った。

「探偵社って、特定な人から依頼を受けて、人にあまり知られたくないことを調べる仕事よね」

「表面的なことならその人の周辺の人がたいてい知っている。依頼人は、隠れた面や、隠していることを知りたいものだろうね。だから専門の調査機関に頼むんだ」

「隠していた秘密を知られた人は、調査員を恨むわね」

「調査員よりも、依頼人に恨みを持ちそうな気がするが」

「いつか週刊誌で読んだけど、夫婦の浮気の調査依頼が多いそうね」

「夫や妻の浮気の事実を調べて、どうするんだろう？」

「ほんとうに浮気しているか、相手が誰かということを、知りたいんじゃないの」

「だから、それを知ってどうするつもりなんだろう？」

「浮気の程度によるんでしょうけど、浮気相手と別れられないと判断したら、離婚するんじゃないのかしら」

「疑いを持った段階で、その夫婦の関係は壊れているような気がするな」

「そうね。わたしなら調査なんか頼まないわ。疑っているよりも、事実を知ったほうが嫌だもの」

　石本も、男女の素行《そこう》調査をしていたのだろうか。調査を長年やっているうち、人間不信に陥ったことがあるのではないか。

3

紫門は石津家に泊まった。この家には以前、石津の祖父母が使っていた離れ家がある。そこが紫門の仮の宿だ。彼はそこを「民宿」と呼んでいる。

石津と彼の両親と一緒に、朝食を馳走になった。

石津は、身長一八〇センチで九〇キロ近い巨漢だ。大学時代はボートをやっていた。父親は、大手造船会社の役員だ。

九時少し過ぎ、紫門に電話だと、石津の母親が呼んだ。

相手は、きのう渋谷で会った市川佳代子だった。

「石本さんが、退職する前にやっていた仕事が分かりました」

彼女は声をひそめた。誰かにきかれるのを警戒しているような声だった。

紫門はその声をきいて、都合のよい時間に会えないかといった。

「きのうと同じころでしたら」

渋谷の喫茶店でよいかというと、彼女は原宿《はらじゅく》の喫茶店の所在地を教えた。そこのほうがゆっくり話ができるということなのか。

「じゃ、あとで」

彼女は親しげにいって電話を切った。明朗で開放的な感じがした。

紫門は江戸川区南小岩というところへ行った。三富秀次という男の登山者が、槍ヶ岳山荘の宿泊カードに記入した住所である。

この住所に三富秀次という人の居住該当のないことは、警視庁の所轄署が確かめている。

だが偽の住所を書く者には、そこになんらかの縁がありはしないかと思って訪ねてみた。

総武《そうぶ》線小岩駅から歩いて、三、四分のところだった。

住居表示をさがし当てた。なんと信用金庫の支店所在地だった。

紫門は、その支店に入り、三富秀次という人が勤めているか、あるいは過去に勤めていたことがあるかときいた。

五十年配の男の従業員が調べてくれて、本店にその氏名の従業員がいるかと問い合わせしてくれたが、該当者はいなかった。

その支店の近所に三富姓の家がないかをさがした。これも無駄な結果に終わった。

彼は豊科署へ電話し、寺内に、七月二十一日、槍ヶ岳山荘に単独で泊まった登山者に対する問い合わせの結果をきいた。上京するに当たって紫門が寺内に頼んでおいたことだった。

「三富という男以外には、不審な登山者はいません。二十二日に、槍ヶ岳山荘から北穂へ向かった男が一人いましたが、最初から五人パーティーと一緒で、雷雨に遭ったのは、北穂の小屋に着く直前ということでした」

つまりその単独行の男も五人パーティーも、石本よりずっと前に槍ヶ岳山荘を出発したということである。

そのあと紫門は、石本の細君からきいた彼の山友だち二人に会った。

二人ともここ二年ぐらい石本とは山へ行っていないといった。

話をききながら二人を観察したが、疑いを持つような人たちではないと感じた。それと、二人は四十代だった。三富秀次という偽名を使った男ではなさそうだ。

市川佳代子が指定した原宿の喫茶店へは、六時ぎりぎりに着くことができた。

すでに佳代子は着いていた。ガラスの円い灰皿には吸い殻が一本あった。白いフィルターに薄紅がついていた。

壁ぎわのテーブルにいる彼女が、きのうとは違って見えた。髪型は同じだが、服装が一変している。グレーの光った地に白の縦縞がはいったスーツ姿だった。白いブラウスの胸はレースだった。パーティーにでも出るために盛装してきたといった感じだった。

店のテーブルは八割がた客で埋まっていたが、彼女と同じようなスーツ姿の女性はいなくて、たいていの人がシャツを着て軽装である。

紫門は、けさの電話の礼をいった。

彼女はわずかに顔を斜めにして笑った。細く長く描かれた眉が動いた。

ウエートレスに、佳代子の前に立っている細いグラスを指し、同じ物を頼んだ。

それは冷たいココアだった。

同じ物がはこばれてくると、彼女はまた笑みを浮かべた。

「紫門さんのお役に立つかどうか、石本さんがやめる直前にやっていた仕事がわかりましたので」

彼女はレースの縁取りのある浅緑のハンカチで、唇を軽く叩くようにした。

彼は、彼女のかたちのよい口元を見つめた。石本が最後に担当した調査に興味があった。

「都内のある病院長のお嬢さんの行方をさがす仕事でした」

「お嬢さんは、家出をしたんですね？」

「ただの家出ではありませんでした」

「えっ？」

「病院の事務局へ入って、経理の人のスキを衝《つ》いて、現金を持って逃げたんです」

「現金は、多額ですか?」

「四千万円です」

「大金ですね」

紫門は、札の厚さと重さを想像した。

「一千万円の重さがだいたい一キロだそうです」

「バッグにでも入れれば、持てない重さではありませんね」

「バッグに入っていた現金を、そのお嬢さんはそっくり持ち逃げしたそうです」

「院長のお嬢さんだから、経理の人は警戒しなかったんでしょうね」

「そのようです。持ち逃げされたことを数分後に知ったということですから」

「病院長のお嬢さんが、なぜそんな大金を持って逃げたんですか?」

「恋人に貢《みつ》ぐつもりだったらしいんです」

「恋人は、お金に困っていたんですか?」

「普段の生活に困っていたかどうか分かりませんが、まとまったお金を必要としたんでしょうね」

佳代子は、グラスを持って、白に混じった茶色の液体をストローで吸い上げた。

紫門も、とろりとした甘い液を吸った。

「病院長のお嬢さんにお金を持っていかれたものですから、病院も院長も、警察に届けられないということで、うちの社に調査を依頼したんです」

身内の犯罪を警察に届けなかった裡《うら》には、持ち逃げされた金の性質に問題があったのではないのか。たとえば正式な帳簿に載せられないウラ金といったものではないか。

「その調査は、石本さん一人で担当したんですか？」

「四人です」

「お嬢さんの行方は分かったんですか？」

「十日間ぐらいの調査で、お嬢さんの所在を突きとめられました」

「四千万円は戻りましたか？」

「それが……」

佳代子は、タバコに火をつけた。顔を下に向けて、煙を細く吐いた。

「お嬢さんの恋人は、彼女が病院から持ってきた現金を持って、行方をくらましてしまいました」

「じゃ、お嬢さんは、大金を彼のために持っていっただけで、彼に金を奪われて、棄《す》てられてしまった……」

「そうなんです。調査員の連絡で、お母さんと院長の秘書が彼女のいたマンションへ行きました。すると彼女は、恋人はきっと戻ってくるといって、家へ帰ろうとしなかったそうです」

だが母親に、「あなたは男にうまいことをいわれ、お金を取られたのだ。目を覚ましなさい」と説得され、連れ戻されたという。

石本らの調査はそこで中断ということになった、と佳代子は話した。

「病院は、お嬢さんの彼の行方までは追跡しなくてよいといったんですね」

「そのようです。会社では、男の行方も調査させてもらったほうが利益になったでしょうけど、依頼人がやらなくてよいということまではやれませんので、調査は打ち切りになったんです」

佳代子は、石本とともに病院長の娘の所在調査を担当した調査員の名を挙げた。星《ほし》、長沼《ながぬま》、川端《かわばた》の三人で、星がその調査のリーダーだったという。

「お嬢さんが持ち出した四千万円を持ち逃げした男についても、病院は警察に届けなかったんですか？」

「金を奪って逃げたのは、安達正裕《あだちまさひろ》という名ですが、その男の追跡はしなかったようです」

四千万円は、やはり明るみに出したくない金だったにちがいない。

「その調査に関して、石本さんにミスがあったとか、同僚とトラブルを起こしたことはないいんですね？」

「ありません。石本さんもほかの三人も、病院ではなぜ安達の行方を突きとめようとしないのかと、首を傾げていたようですけど」

「その病院か、院長にとっては、四千万円ぐらいなんでもない金額だったんでしょうかね」

「わたしには、すごい金額に感じられます」

紫門にだって同じである。彼は、探偵社の秘密に関することをよく話してくれたと、佳代子に礼をいった。が、石本がなぜ退職したのかについては、その話だけでは明らかにならなかった。むしろ、退職理由の見当がつかなくなった。

いまの話の調査の前に、石本が嫌気《いやき》を起こしそうな仕事を担当したことはなかったかを、佳代子にきいたが、彼女は分からないと答えた。

4

佳代子と食事することにした。

「わたしの知っている店でいいですか？」

彼女は、喫茶店の伝票を持って立ち上がった。

紫門は、話をききたいといったのは自分なのだから、と伝票に手を伸ばしたが、彼女は目を細めるとさっさとレジへ向かった。

佳代子は気の利いた店を知っていた。喫茶店から渋谷方面へ歩いて七、八分のところのビルの地下にあるレストランだった。二つか三つのテーブルのあいだに曇りガラスの間仕切りがあった。五、六人でくれば、テーブルを寄せ合って個室の雰囲気になるような造りだ。

彼女は何回もきたことがあるらしく、馴れの見える態度でメニューを開いた。

「ここには、お魚もお肉もありますが」

彼女はいった。

料理は彼女に任せて、ビールで乾杯した。

「あなたは、イケる口ですか？」

紫門は、ビールを半分ほど飲んできいた。

「大したことありません」

こういう返事をする女性は酒が強い。

ビールを一本空《あ》けると、紫門は日本酒をもらった。

佳代子も付き合うという。

銚子は黒で、二人の前に置かれた盃《さかずき》はピンクとブルーだった。
二、三杯飲《や》ったところで、

「紫門さんは、結婚していらっしゃるんですか？」

と、彼女は盃を持ったままいった。

「一人者です。山岳救助隊にいる男と、結婚しようなんていう女性はいません」

「そんなことは……」

酒が入ったせいか、彼女の瞳が輝いて見えるようになった。

「恋人は？」

彼が彼女にきこうとしたことを、先にいわれた。

彼は盃に口を当てた。二、三呼吸のあいだ返事に迷ったのだった。

「そういう人もいません」

彼は嘘をついた。

紫門としては、石本がなぜ退職したのか、自分の性格に照らして、仕事を不向きと思うようになったのはどうしてかを、彼女と一緒に考えてみたかったのだ。

「信じられません。紫門さんに、彼女がいないなんて」

彼女は、テーブルに置いた盃に手を添えたまま、上目遣いになった。疑う目というよりも、恨めしげな表情だった。

「市川さんは、お一人ですか？」

「勿論です」

彼女は二十五、六だ。勿論、と答える年齢ではないような気がするが。

「好きな……お付き合いしている人はいるでしょうね？」

紫門にとっては意外だったが、彼女は首を横に振った。強く否定するのでなくて、けだるそうな振り方だった。

「一月《ひとつき》ぐらい前、別れちゃいましたので」

「市川さんのような、魅力的な人が……」

紫門は、適当な言葉が浮かばず、語尾を濁し、なにがあって離別したのかときいた。

彼女は、それが癖らしく、小首を傾《かし》げて、はにかむように薄く笑った。

「わたしが、いけないことをしたものですから」

いけないこととは、いったいどんなことなのか。彼は彼女の顔の中に理由をさがした。

「彼に嫌われたんですね？」

「誰だって嫌います。わたしのしたことを知れば」

紫門は、曖昧なうなずき方をした。

彼女は、「わたしのしたことが分かる？」と、表情でいっていた。

彼女に見つめられて、紫門は目のやり場に困った。彼は、しばらく箸を使った。彼女の盃に酒を注いだ。

佳代子の目のあたりがようやく赤くなった。

酒を飲むと顔に色が出るので、それを嫌う女性がいるが、彼女は気にしていないようだ。

「紫門さんは、三十を、ちょっと出たばかりでしょ？」

「三十三です。高校や大学の同級生には、子供のいるやつが何人もいます」

「紫門さん、子供が好きですか？」

「自分の子供は、可愛いと思うでしょうね。女性は、なおそうじゃないでしょうか」

「わたし、好きじゃありません。姉には二人いますけど……」

「なぜ？」

「わがままですもの」

幼い子供がわがままなのは当たり前なのに、彼女は、嫌なことは嫌だとはっきり表現する人のようだ。

「恋人とは呼ばないけれど、遊ぶ女性はいるんでしょ？」

彼女は、はこばれてきた料理を、自分の前へ引き寄せただけで、箸をつけなかった。

紫門は、彼女に見つめられ、きわどい質問を受け、答えに詰まった。

佳代子は、くすりと笑った。

「えっ？」

彼は、彼女の笑いの意味を尋ねた。

「恥ずかしがっていらっしゃるんですもの」

「…………」

「恥ずかしがることじゃないのに」

彼女は、この手の話をして、男がどぎまぎするのを楽しんでいるようだった。

「どんな人とですか。……それともあれの専門の店へ行かれるんですか？」

紫門は、こういうことをあけすけにきく女性と初めて会った。

彼女と会ったのは二度目だ。紫門に興味を抱いていることは分かった。彼女は、彼の日常を深く知ってしまったら、こんな話題も出さないし、質問もしなかったろう。

「けさ、電話を差し上げたとき、女性がお出になりましたけど、東京へいらっしゃると、その人の家へお泊まりになるんですね？」

彼女は、石津の母親のことを指している。

「大学の同級生だった男の家へ泊めてもらっているんです」

「同級生の方のお母さんといったら、五十代ですか？」

「五十代後半です」

「もっと若い方の声でした」

「いえ。母親です」

「隠さなくて、いいのに」

「ほんとです。ぼくには、そういう人は……」

彼女は思い直したように箸を取り上げた。

「今夜は、これから、どうするんですか？」

彼女は、鱸《すずき》のたたきにレモン汁をふりかけた。たたきには、塩こんぶとせん切りにした赤と青のピーマンが和《あ》えてある。

紫門は「民宿」へ帰ると答えた。そこはどこなのかと彼女がきいたから、中野駅で降り、七、八分歩くというと、

「わたしは荻窪《おぎくぼ》で降りますから、ちょうどいいですね」

という。電車で中野まで一緒に行けるということらしい。

彼は、今夜も三也子と会うつもりでいたが、それができなくなった。

彼は、佳代子に、恋人がいるのかときかれたとき、いると答えてもいっこうにさしつかえなかったのだ。が、彼はそういう人はいないと答えてしまった。

なぜ嘘をついてしまったのかと、胸の奥がチクリと痛んだ。恋人がいないといったほうが、佳代子との会話がスムーズにはこびそうな気がしただけでなく、彼女に蠱惑《こわく》的《てき》な魅力があったからだ。

三也子も、男性の同僚や知人と飲食をともにする機会はあるだろう。そのとき、「片

桐さんには、好きな人は？」ときかれたら、「いません」と答えているのか。いないといえば、たった数時間の付き合いにしろ、男女の会話は弾むのではなかろうか。

相手が独身で、恋人もいない。一方も同じ境遇なら、たとえ会話のみでも、その内容は自由で、奔放になるはずだ。

佳代子は、けっこう飲んだ。紫門も彼女につられるように日本酒を何本も空けた。

二人とも平常心を欠いているようだった、

彼女はとうに、石本に関する話をするために紫門と会ったのを忘れてしまっているらしかった。

彼女がトイレに立った間に、彼は店の勘定をすませ、ジャケットに袖をとおした。

「帰ります？」

彼女はあらためてきいた。

「他人の家にいるのに、そう遅くはなれないものですから」

「紫門さんて、自己管理がしっかりしていらっしゃるのね」

彼女は憤《おこ》ったような目をした。「わたしは、帰宅が遅くなってもかまわないのに」

といっているようだった。

5

紫門は、「民宿」へ電話した。

石津の母親が出て、夕方、山岳救助隊の小室から電話があったといった。

紫門は、嫌な予感がした。

豊科署へ連絡した。小室は署にいた。はたして落石事故が発生していた。

「現場は、どこですか？」

「屛風岩《びょうぶいわ》だ」

小室はいった。

「怪我人が出たんですか？」

「怪我人を二人救出したが、落石がつづいていて壁に近づけない。岸壁の途中に一人いるが、生死が分からないということだ」

小室は紫門に、帰ってこれるようなら救助に参加したほうがいいといった。

袖口をめくった。九時十分だった。ポケットからノートを取り出した。それには中央《ちゅうおう》本線の時刻表がはさんである。新宿《しんじゅく》を二十二時発の特急があったが、甲府どまりだ。次の急行は毎日運転されていない。二十三時五十分発の急行がある。翌朝、四時十分に松本へ着く。

彼はその列車で帰ることにした。その旨を石津の母親に伝えた。

「まあ忙しいことですね。うちへ寄らずに直接お帰りになるのね」

彼女は、危険な目に遭わないことを祈っているといった。

紫門から酒の酔いがふっ飛んだ。

白いバッグを提げた佳代子は、交叉点を渡る群衆を眺めるような目をしていた。紫門の電話の内容は、彼女にはまったくきこえなかったろう。

彼が電話を終えるのを見て、足早に寄ってきた。彼を見上げる目には期待の光があった。彼女こそ恋人のようだった。彼は事情の急変を伝えた。

彼女も熱の冷めたような顔になった。それでは一人で帰るというかと思ったら、二十三時五十分発の列車を見送ってから帰宅するといった。それまで紫門と一緒にいるというのだ。

二人は新宿駅で降りた。深夜もやっている喫茶店に入った。

紫門はもう酒を飲まないことにした。翌朝、酒気の残った顔で、遭難現場へ臨むわけにはいかなかった。遭難救助は命がけの仕事である。

喫茶店に入ると佳代子は、紫門を誘うような話をせず、山岳救助隊の経験談をしてくれといった。彼女は二十分に一本ぐらいのわりでタバコを吸った。飲んでいるうちに赤かった顔色も元に戻り、彼の話を熱心にきいた。

彼は思いついて、レジの横から三也子に電話した。これから豊科署へ向かうために列車に乗るといった。

「毎年、何件か事故の起きるところね」

三也子は屛風岩のことをいった。彼女が救助隊員だったあいだにも、落石やクライマーの転落事故が発生したのだった。

三也子は、紫門がまさか妖《なまめか》しい話をする若い女性と、一緒にいることなど想像もしていないだろう。

「あなたも気をつけてね。折りをみて電話してね。わたしは、いつもあなたの電話を待っているのよ」

といった。

彼が、なにをしていたのかときくと、今夜は、テレビでニュースのあと、南米の巨大な滝と、そこに棲息する鳥の観察記録の番組を観、いまは精神科医の書いた本を読んでいたといった。

彼は三也子を裏切っているような気持ちで、彼女の声をきいていた。

席に戻ると、佳代子は氷の浮いた水のグラスに目を落としていた。誰に電話したのかともきかなかった。

「夜行列車はすいているでしょうか？」

彼女は独り言のようないい方をした。

「混んでいるような気がします」

「じゃあ、眠れないのでは？」

「四時間ぐらいは、立っていても大丈夫です」

「疲れませんか？」

「一晩ぐらい眠らなくても、なんともないですよ」

「すごいんですね、紫門さんて」

彼女は彼を、力を込めた目で見てから、視線を逃がした。

佳代子は家で一人でいても、読書などしないような感じがした。休みの日にはなにをしているのかききたかったが、彼は時計を見て椅子を立った。

「救助が終わったら、どうするんですか？」

「調査のつづきがあります」

「では、東京へ？」

「ええ」

「電話してくださいね」

紫門は、自由席にすわることができた。

列車が動きはじめた。

紫門と佳代子は、窓をへだてて手を振り合った。乗客や、ホームにいる人たちは、恋人同士が別れを惜しんでいると見て取ったことだろう。

八王子《はちおうじ》を過ぎると車窓は黒くなった。

網棚には、大型のザックがいくつか見えた。車両の前のほうに、山に登るグループがいるらしい。

彼の後方で話していた人たちの声が消えた。電灯が絞られた。

通路をへだてた座席で、四十代半ばぐらいの男と三十代の女性が、小さな声でボソボソと話し合っている。楽しそうな内容でないことは、二人の沈んだ声で想像できた。女性のほうが男に不満をもらしているようである。男のいっていることはいい訳のようだ。男は女性の口をふさぎたいが、彼女は胸にためていたものを吐き出しているようにきこえた。紫門には二人が夫婦には見えなかった。

紫門はいつの間にか眠った。次は塩尻《しおじり》というアナウンスで目を開けた。彼が眠るまで低い声でやり合っていた男女の姿はなかった。途中の駅で降りたようだ。

紫門は、小室らとともに車で横尾へ着いた。前穂の頂稜だけが、好天の兆しを告げてオレンジ色に輝いていた。横尾谷はまだ暗い。山荘の前に張られたテントの周りに黒い人影が動いている。きょう、槍か穂高をやるために、朝食の準備に取りかかったのだろう。

暗い中で梓川が鳴っていた。河原の石がほの白く見えた。

山荘へ泊まった救助隊員が迎えに出てきた。その中に寺内の顔があった。

屏風岩の落石は、きのうの午後三時四十分ごろ起こったという。大岩壁にはりついていたクライマーが、ロープを伝って下りているところに、東壁ルンゼで岩が抜け落ちた。落石は落石を呼ぶ。ルンゼやせまいテラスにたまっている岩屑を直撃し、割れて複数になって落下する。ルンゼは、岩登りのルートを提供しているのだが、落石もその溝に沿って襲ってくるのである。

昨夕、薄暮《はくぼ》の中で、怪我をした二人のクライマーを救助できたが、岸壁の途中にいる一人が確認された。

一つ二つと石が落ちていて、救助隊は近づくことができず、山荘で一夜を明かしたのだった。

横尾大橋を渡って暗い谷に入った。石のゴロゴロした河原を行く。樹木のあいだから白い霧が垂直の壁を這い昇っているのが見えた。

紫門らは大スラブを登攀《とうはん》して、上部から遭難者を確保した。

一夜を岩溝で送った男は、頭か肩に落石を受けてか、あるいは即死状態だったのか、棒が凍ったように硬くなっていた。

紫門の横で、カチっと岩が鳴った。つい首をすくめた。脆《もろ》くなった岩が、欠け落ちているのだった。

大岩壁に八人の救助隊員がはりついて、四時間かけ、クライマーの遺体を降ろすことができた。

検視は横尾で行なわれた。クライマーのヘルメットは割れていた。おそらく人頭大の岩の直撃を受けたものと思われた。

前日に遭難を知らされた家族が、横尾に着いていた。すでに覚悟ができていたからか、遺体と対面した家族は比較的冷静だった。

救助活動中に、寺内が足に軽い怪我を負った。昨日救助された負傷者が収容されているところとはべつの病院へ、紫門の運転する車で寺内をはこんだ。

その途中、紫門は東京へ行って分かったことを話した。

寺内は、負傷した足を両手で押えながら、紫門の話をきいていたが、

「石本重和が探偵社をやめた原因が気になりますね」

といった。

「石本が遭難したことと、退職は直接関係がないかもしれないけどな」

「紫門さんは、東京へ戻るんですね？」

「そのつもりだ。石本の退職理由を、追跡してみたいんだ。彼が、黄色のパーカーを着ていた男と一緒に大キレットを縦走していたかどうか確認できるまで、調べるつもりだよ」

「調べられそうですか？」

「石本のことに関しては、情報をもらえそうな人と知り合いになれたんだ」

紫門は、ゆうべの佳代子の顔や言葉を思い出した。北アルプスで落石事故が発生しなかったら、彼は夜の異常さと、彼女の甘い蜜に吸い寄せられていたようにも思われる。

彼は頭を振った。目をこすり、ハンドルを握り直した。

大正池《たいしょういけ》を通過したところで、にわか雨に遭った。十分ばかり走ると、道路は乾いていた。

三章　白骨の死体

1

紫門が豊科署の山岳救助隊室で、小室らと話しているときだった。一件の通報が入った。

蝶ヶ岳の東、蝶ヶ岳新道の北、正確には長野県南安曇《みなみあづみ》郡堀金《ほりがね》村の森林で、白骨体が発見された。白骨体は服を着けており、傍らにザックがあった。その服装からみて男の登山者らしいという。発見して通報したのは、蝶ヶ岳から下山した二人パーティーだった。

二人は地元の松本市に住む山好きだった。

署員は二人に、白骨体の発見地を詳しくきいた。標高二、〇〇〇メートル地点で、登山道から森林を五〇メートルほど入ったところという。二人は登山道の木の幹に、目印のロープの切れ端を巻きつけてきたという。

あすの朝、白骨体発見現場へ、救助隊が向かうことになったが、いまのところ北アルプス南部の山に登って、行方不明になっている人がいるという届け出はなかった。そこで県警本部に、行方不明者の照会をした。他県警から、長野県の山に登るといって家を出たが帰ってこないという人がいるかどうかをである。

この夏、捜索願を何件も受けたが、一時行方不明になったが、自力で下山したり、遺体で発見されたので、もっか該当者はいないことが分かった。

すると、蝶ヶ岳の東で発見された男性らしい遺体は、どこの山へ登ったかはっきりしないため、捜索のしようがないという登山者ではないかということになった。

これをきいた小室は、ピンとくるものがあって、白骨遺体の発見者に、「遺体は黄色のパーカーを着ていなかったか」と、あらためて問い合わせた。

答えは、否だった。

大キレットで遭難死した石本と一緒か、あるいは彼のすぐ近くを縦走していた登山者が、黄色のパーカーを着ていたという話を思い出したのだ。

石本は急峻な岩場から転落して死亡したが、一緒にいたらしい登山者から、事故発生の届け出がなかった。それで、ひょっとしたら黄色のパーカー姿のほうも遭難しているのではないかという考えがあったのだ。

しかし穂高の大キレットと蝶ヶ岳では、その位置があまりにも離れすぎている。

翌朝、小室と紫門をふくむ救助隊は、蝶ヶ岳新道を登った。

二、〇〇〇メートル地点で木の幹の赤いロープを見つけて、森林へ分け入った。きのうの通報者の話のとおり、鬱蒼《うっそう》たる林の中の窪地で、くの字に曲がった白骨体を見つけた。
同行した鑑識係は遺体を見て、死後一カ月は経過していそうだといった。陽の差し込まない森林帯のため完全に白骨になっているのだった。

遺体は、元の色はブルーと思われる綿のシャツに、白っぽいやはり綿のズボンをはき、コンビの軽登山靴。すぐ近くに茶色と思われる帽子と小型ザックがあった。たぶん遺体の持ち物だろう。

付近を入念に検《み》たあと、遺体とザックなどを収容した。刑事課に連絡を取り、遺体を解剖することにした。

ザックは署にはこんだ。

登山中に雨に遭ったがツエルトなどの雨を避けられる物を携行していなかったので、森林帯に入った。たぶんぐしょ濡れになったろう。雨はやんだが、霧が発生し、今度は登山道になかなか出られなくなった。迷い歩くうち、寒さと疲労で意識を失い、そのまま死亡にいたった——のではないかと、過去の山岳遭難に照らして、救助隊は推測した。

着衣から身元が分かるような物が見つからなかったため、ザックの中身を検べることにした。

　セーターがいちばん上にのっていた。ビニール製の袋には下着類が入っていた。副食の菓子が二袋とタバコが三箱あった。

「初心者で、日帰り登山だったんじゃないかな」

　ザックの内容物を見て、小室がいった。

　持ち物が少ないところから、何日間もの山行とは思われない。

　ザックの底に薄いビニール袋がたたまれていた。その中に白い封筒が入っていた。

雨水は滲《し》みていなかった。

〈花井汐音《はないしおね》様
　汐音さんに心からお詫びをいわなければなりません。

　汐音さんが、おれのために持ってきてくれたお金を大切に使うつもりだったけど、お金のことを友達に話したため、友達にうまいことをいわれ、お金を全部取られてしまいました。

　もう、汐音さんの前に出ることもできません。

　それで、さんざん考えたあげく、山の中で死ぬことにしました。

　本当に申しわけありません。さようなら

〔安達正裕〕

六月十五日

「遺書じゃないか」

小室はいって、便箋にボールペンで書いた封筒の中身を紫門に見せた。下手な大きな字だった。

「安達正裕……」

紫門は思わず声を上げた。

「知っている人か？」

「はい」

紫門は、ポケットノートを取り出した。それには市川佳代子からきいたことが控えてある。

彼は、大キレットで遭難した石本重和が、明星探偵社に勤務中、最後に担当した仕事の内容を小室に話した。

花井汐音というのは、東京・小金井市にある花井病院の院長の娘だ。彼女は六月初旬、父が経営者であり院長の病院から、経理課職員のスキを衝いて、現金四千万円入りのバッグを持ち出して逃げた。

汐音には恋人がいた。ロックバンドの一員である安達正裕という男だ。

彼女の両親は、娘が安達と交際していることを知っていた。母親はかねてから汐音が安達と交際していることに反対していた。職業が安定していないのも反対の理由のひとつだった。

汐音が病院から現金を持ち出したときいた母親は、安達のところへ行ったものと直感した。が、彼の居所を知らなかった。

娘が病院の金を持ち逃げしたことから、世間に知られることをはばかり、警察には届けず、明星探偵社に安達と汐音の所在を突きとめる調査を依頼した。

調査を受けた探偵社は、星、石本、長沼、川端という四人の調査員にこれを担当させた。

約十日間の調査で、安達の住居を突きとめたが、彼の部屋には汐音がいただけだった。安達は彼女が持ってきた現金を拐帯《かいたい》した。

それでも汐音は、安達が戻ってくると信じてか、そこを動こうとしなかった、母親が説得して、娘を自宅に連れ戻した。

探偵社の調査は、そこで打ち切られた。依頼者の病院長から、安達の行方の調査は必要がないといわれたからだった。

この経緯を、紫門は刑事にも話した。

豊科署の刑事課は警視庁に、「遺書」の筆跡が安達正裕のものであるかどうかの照会を依頼した。

白骨化した遺体の解剖や鑑定の結果が出たが、危害を受けたような痕跡はなかった。自殺か事故かの判断はつかないということだった。

死後推定四十日以上ということで、「遺書」にある日付と死亡時期がほぼ符合した。

警視庁の調べで、安達の血液型と白骨体の血液型が一致した。

彼の親族や友人などに当たったり、書いた物と照合した結果、「遺書」は本人の手によるものと断定された。

警視庁は、汐音が病院から持ち出した現金の行方について捜査していたが、いまのところ、安達が「遺書」に書いているように、友達に奪われたという事実は摑めていないということだった。

豊科署は、遺体の状況、筆跡など総合して、安達正裕を自殺と断定した。

この間、紫門は涸沢の常駐隊にいた。隊員の一人が体調を崩したことから、交代要員として勤めたのである。

涸沢で、「安達正裕を自殺と断定」の結果をきいた紫門は首を傾げた。

確たる根拠はないが、安達の「遺書」は偽ではないだろうかという疑問が湧いたのである。

それと、いつまでも彼の頭にひっかかっているのは、石本の転落死と、石本と一緒に難所を渉《わた》っていたらしい黄色のパーカーの登山者だ。

北アルプスの縦走路には、難所と呼ばれているところが何カ所もある。南部では、大キレットと西穂高《にしほたか》。北部（後立山連峰《うしろたてやま》）では、白馬鑓《しろうまやり》と唐松《からまつ》間の不帰ノ嶮《かえらずのけん》だろう。難所と呼ばれている岩稜は、たしかに登り下りが容易でない。だから危険防止に、クサリやハシゴを設けている。

そういうところは、いわれなくても慎重に足をはこぶものだ。だから、難所といわれている場所での遭難は比較的少ないものである。

転（滑）落事故は、そう神経を使わない場所で起きている。足のすくむような岩場を通り抜け、ほっと気のゆるんだ場所での事故が意外に多い。

大キレットの場合、どこで足を踏みはずしてもこれは大きな事故につながる。もしも黄色のパーカーの登山者が、石本に殺意を抱いていたのだとしたら、この屈指の難所にさしかかるのを待っていたのではないか。しかも石本が難に遭った日は、激しい雷雨が襲った。山全体が暗くなり、深い霧に閉じこめられたのと同じ状態になった。それはまさに密室であり、離れた位置にいた登山者からは、なにが行なわれても見られる気遣いがなかった。

大金を拐帯した安達の行方を調査していた石本が、七年間勤めていたのに、探偵社の仕事が嫌になったといって退職した。その石本が山で死に、彼が同僚とともに行方を追った被調査人の安達が死んだ。いや石本が死亡する前に死んでいた。

安達は、結果的に汐音を裏切ったことを後悔して、ほんとうに自殺したのだろうか。彼がザックに容《い》れていた「遺書」は、彼の意思で書いたものなのか。

紫門は、交代要員が登ってきたら、また上京して、石本と安達の背後関係を調べてみるつもりだった。

東の蝶ヶ岳の上空に白い積乱雲が盛り上がった。やがて風に押されて、涸沢や穂高を雷雨が叩きそうな雲行きになった。

2

紫門は、八月五日夕方、松本へ下ることができた。

すぐに、明星探偵社の市川佳代子に電話した。

「いま、どちらにいらっしゃるんですか？」

彼女は、彼からの電話を待っていたようだ。

彼はあす、再上京するといった。

佳代子は、この前会った原宿の喫茶店で待っているという。

彼は、石本や安達の背景を調べる目的で行くのだが、彼女は彼と会うのを楽しみにしているといった口ぶりだった。

三也子への連絡があとになった。紫門の胸はわずかに痛んだ。二人の女性のあいだを行き来している心境だった。

「安達という人、ほんとうに自殺かしら?」

三也子はいった。

「自殺の条件はそろっているんだ。大金の行方について警察でも疑いを持っているだろうが、『遺書』がね……」

彼女とも、会ってじっくり話し合うことにした。

夜、九時過ぎだった。電話が鳴った瞬間、彼は三也子からだろうと思ったが、なんと相手は佳代子だった。

「なにしていらっしゃいました?」

彼女は、親しみのこもった声できいた。

「東京へ行く準備をしていたところです」

彼は、バッグを「民宿」に置いたままだったので、買い物袋に着替えを入れていたのだ。

「あしたの午後、お会いしませんか?」

「あなたは、会社が……」

「早退《はやび》けします。先週は土曜日も出ましたので、今週はいつ休もうかと思っていたんです」

彼女は、午後二時に早退するから、三時でどうかといった。

紫門は、石本らが花井汐音の行方を調査した内容を、詳しく知りたいのだが、分かるだろうかときいた。

「分かります。安達正裕が死んだことに関して、紫門さんはきっとそれをおききになるものと思ったものですから、そっと報告書の写しを読んでおきました」

事務系社員の彼女は、調査報告書を読める位置にいるらしい。

紫門は、昼に新宿へ着く特急で行き、三也子と昼食を摂った。

食事をしながら話すにはふさわしくなかったが、安達正裕の遺体発見現場のようすと、「遺書」の内容に集中した。

「安達という人は、どんな事情があって大金を必要としたのかしら？」

三也子がきいた。

「それは、これから会う人の話で分かりそうなんだ」

「いくら父親が院長の病院のお金にしても、花井汐音というお嬢さんも、勇気があるわね」

「病院の経理がいいかげんなんじゃないのかな。そこをお嬢さんに衝かれたんだと思うな」

「日ごろお嬢さんの話をきいていた安達が、お嬢さんを利用したことも考えられるわね」

「ぼくもそう思う。安達はワルだったような気がする。だからぼくは、友だちに全額奪われたという『遺書』の内容を疑っているんだ」

「院長のお嬢さんが持ち出したにしろ、お金は病院のものなのに、お嬢さんが見つかった段階で、安達の行方を探偵社に追わせなかったというのは、なぜかしら？」

「院長夫妻としては、汐音を男から取り戻すことができれば、それでよかったんじゃないのかな。両親にしてみれば、安達が金を持って消えたんで、ほっとしていたのかな」

「四千万円なんて金額、わたしにしたら夢みたいな大金だけど、花井病院にとっては、大した額じゃないのかしら？」

三也子は紫門と話していたいようだったが、彼は時計を見て立ち上がった。

彼女は、調査するのはよいが、危険な目に遭いそうだったら、深追いしないようにと、念を押した。

佳代子は、原宿の喫茶店に着いていた。きょうも彼女は冷えたココアだった。ガラ

スの灰皿には吸い殻がひとつ転がっていた。フィルターに口紅がついているのを気にしてか、彼女は自分の前へ灰皿を引き寄せた、

「紫門さんは、石本さんの遺体も、安達さんの遺体も見ているんですね」

彼女は、眉を寄せていった。きょうの彼女は、光沢のある白い生地のブラウスだった。スカートは薄紫色で、その丈は短かった。

「偶然です」

紫門は、花井汐音の行方を追った調査内容をきいた。

――明星探偵社が、花井院長の秘書から調査依頼を受けたのは、六月初めだった。院長の娘の汐音が、経理課に置かれていた四千万円入りのバッグを持って、行方不明になったことは内密にしてくれといわれた。

探偵社は、その手の依頼には馴れていた。

社長から、星、石本、長沼、川端の四人の調査員が指名された。すぐに調査に取りかかれということだった。

リーダーの星は、三人に、汐音の恋人の安達正裕の身辺と交友関係を洗えと指示した。

安達は、ロックバンドのメンバーだった。バンドは一度だけテレビに出たことがあるというが、無名にひとしかった。テレビ局や音楽関係者の目にとまりたくて、公園

や街頭で演奏活動をしていた。

調査員は、バンドのメンバーから安達の住所をきいて訪ねたが、何日か前に退去したあとで、移転先は不明といわれた。公簿を調べたが、住民登録上の住所は茨城県の実家になっていた。メンバーも彼に連絡が取れなくなっていたのだった。

調査員は、安達の交友関係を徹底的に洗った。友だちの一人が新しい住所を知っていた。葛飾《かつしか》区の古いマンションだった。

そこが分かるまでの調査に約十日間を要した。

マンションを張り込んでいると、安達の姿は見えなかったが、汐音が出入りした。彼女は買い物に出たのだった。

彼女の帰りを待って、調査員は部屋へ踏み込んだ。汐音が床にすわって、パンをかじっていた。部屋には家具はひとつもなく、壁に洋服が吊してあるきりだった。

調査員の連絡で、汐音の母親や父親の秘書が駆けつけた。

安達は、バンドのために使うといって、三日前に現金入りのバッグを提げて出ていったきり戻ってないと、汐音がいった。その間、彼女は一枚の毛布にくるまって寝ていたのだった。

彼女は、母親に説得された。安達にだまされて、金を持ち逃げされたのだ。安達は海外へでも高飛びしたにちがいないと、秘書がいった。

汐音は、「彼はきっと戻ってくるわ」といい張っていたが、半ば腕ずくで自宅へ連れていかれた。

その段階で、探偵社の調査は終了した。四人の調査員は臨時のチームを解散した
――

「石本さんが退職したいといい出したのは、その直後ですか？」

紫門は、佳代子の細く描いた眉を見てきいた。

「四、五日あとだったと思います」

「退職をいい出して、いつまで勤めていたんですか？」

「六月いっぱいです」

「会社は、彼を引きとめなかったんですか？」

「社長に呼ばれて、話し合いをしたようですが、石本さんの意思が固いということだったようです」

「院長のお嬢さんの行方を調査した三人と、反《そ》りが合わなかったということはありませんか？」

「トラブルを起こしたようすはありません」

「ぼくは、こんなことを考えたんです」

「なんでしょうか？」

佳代子は、うるんだような瞳を向けた。

「ひょっとしたら石本さんは、安達の行方を追跡するために、退職したんじゃないかって考えたんです」

「えっ……」

彼女の目が丸くなった。「追跡して、どうするつもりだったんでしょうか?」

「あくまで推測ですが、安達の所在を突きとめて、病院に連絡するか、金を持ち逃げしたことを、警察に通報するといいたかったんじゃないでしょうか? それとも、安達を脅すか……」

「会社をやめて、そんなことをしても、利益にはならないのに」

「安達が、奪った金の一部を出すんじゃないかと踏めば……」

「石本さんは、人を脅して金を取ろうなんて考えるような性格じゃありません。どちらかといったら、控えめで、規律に厳しい人でした」

佳代子は、紫門を責めるようないい方をした。

佳代子は紫門より石本を知っている。彼女の見方のほうが正確なのかもしれなかった。

彼は、安達の「遺書」に疑問を抱いているといって、彼女の反応を待った。

「なぜですか?」

「安達は、花井汐音さんを、初めからだますつもりだったんじゃないでしょうか？」

「お金を奪うために？」

「そう。金持ちの病院長のお嬢さんだったから、接近したような気がします。彼は、彼女に金を貢がせるように持っていったんじゃないでしょうか。彼女は若くて、世間知らずだった。彼の本心や素性を見抜くことができず、彼に一途になって、病院の職員のスキを狙って大金を持ち出した。彼女をマンションの部屋へ置き去りにしたのが、なによりの証拠です」

「そういう男が、責任を感じて死ぬなんて、考えられないとおっしゃるんですね？」

「市川さんは、どう思いますか？」

「その点は、わたしもおかしいって思います。でも、『遺書』は本物だったんでしょう？」

「鑑定では、安達の筆跡ということでしたが……」

「誰かが書かせたんでしょうか？」

「それも考えられます」

「そうだったとしたら、書かせた人に、安達さんは……」

佳代子は、自分の思いつきにはっとなってか、タバコに火をつけようとしたライターを、胸に押しつけた。

紫門は、汐音が安達の戻ってくるのを信じて待っていたという、マンションの所在地を佳代子にきいた。

そこは、京成《けいせい》線の青砥《あおと》駅から六、七分のところだという。

佳代子と話し合っているうちに、夕方になった。彼女はきょうも、夕食を一緒にしたいといったが、紫門はこれから人に会う約束があるから、この次にゆっくり会いたいといった。

「きっとね」

彼女は、何年も付き合っている相手にいうような言葉遣いをした。

椅子を立った彼女のスカートの裾に、光った膝が見えた。足が光って見えるストッキングをはいていた。

恨めしげな表情の彼女と、原宿駅で別れた。

3

三也子とは渋谷の居酒屋で落ち合った。

紫門は、市川佳代子からきいたことを三也子に話した。明星探偵社の人からきき出したとはいったが、その相手が若い女性だとはいわなかった。

彼は、三也子に嘘をついてしまったのは、佳代子が魅惑的な雰囲気を持っているからだった。三也子に、佳代子のことを、「どんな女性か」ときかれたら、正直に説明できないと思った。

三也子は、カウンターに肘を突いて、紫門の話を熱心にきいた。彼女は真剣に彼の手助けをしようとしているのが感じ取れた。

「安達が四千万円持って逃げたのを、誰と誰が知っていたかしら？」

佳代子と比較して、三也子の話し方は男っぽい。

「まず死亡した石本。彼と一緒に調査を担当した星、長沼、川端……」

「明星探偵社の社長もそうね。直接調査にたずさわらなかったけど、探偵社には知っている人が何人かいるわね」

市川佳代子も含まれるということだ。

「花井汐音とその両親。それから花井院長の秘書」

「職員の何人かは知っているでしょうね」

「そうだね。こうして考えてみると、安達が大金を持っていたのを知っていた人は何人もいるね」

三也子も、安達の自殺には疑問があるという。金持ちのお嬢さんの世間知らずにつけ込んで、大金を貢がせたような男が、その金を友だちに奪われたといって、汐音に対する詫び状を遺して自殺するだろうか。

「安達が友だちに金を奪われたというのが事実なら、べつの友だちも四千万円のことを知っていたんじゃないのかしら」

「彼の金を、複数の人間が奪ったとも考えられるね。奪った人間は、どうしたんだろう？」

「行方をくらましたということでしょうね」

「あしたは、安達が参加していたロックグループのメンバーに当たってみよう」

「なんというグループなの？」

「『ムービング・ハート』というらしい」

「ジャズの曲名みたいね」

バンドリーダーの駒井《こまい》という男の住所と電話番号を、紫門は佳代子からきいている。彼女は調査経過を書いたファイルから、それを写し取ってきたといっていた。

紫門は、居酒屋から駒井に電話してみた。

若い女性が出て、駒井はまだ帰ってきていないと答えた。

紫門は、「民宿」の電話番号を教えておいた。

彼が石津家へ着くとすぐに、駒井から電話が入った。紫門の素性をさぐるような声だった。

駒井は、アルバイト先にいるが、昼休みなら会えるといった。

ロックバンドのメンバーだから、長く伸ばした髪を茶か黄に染めているのではないかと想像していたが、翌日、会ってみると、まともな髪型をしており、目立った服装でもなかった。

駒井は運送会社の配送センターにいた。羽田《はねだ》空港に比較的近く、潮の香りがただよっている場所だった。

紫門と駒井は、運河を眼下に見るコンクリートの上に腰を下ろした。なまぬるい潮風は肌をべとつかせた。黒ずんだ水面すれすれに、白い海鳥が飛んでいる。

「安達が、病院長の娘と付き合っていることは知ってました。彼女、おれたちのステージを観にきたこともありましたから、顔は知ってます」

紫門は、花井汐音が病院の現金を持ち出して、安達に与えたことを知っているかときいた。

「知りません。現金て、いくらですか?」

駒井は、ほんとうに知らないようだ。

「大金です。安達さんは、なんでも、バンドのためにまとまった金が要るといったそうですが」

「バンドのため……。経費は持ち寄りですが、まとまった金が必要なんてことはありません。あいつ、お嬢さんにうまいことといったんですね」

安達は、六月初めから行方不明になり、まったく連絡をよこさなくなったという。バンドのメンバーは彼の住所へ行ってみたが、もぬけの殻で、移転先は分からなかったという。

「なにかあったとは思っていました。そこへ探偵社の人がきて、安達の行き先をきかれました。探偵社の人は、メンバー全員に当たったようです」

調査員は、安達の居所を知りたいといっただけで、汐音が大金を持って、安達のもとへ走ったとはいわなかったようだ。

「探偵社の調査によって、安達さんが葛飾区のマンションへ移ったことが分かったんです」

「葛飾区へですか。……彼が遺体で発見されたという新聞記事には、住所不定となっていましたが」

「新聞記事にあったように、彼はザックに遺書を入れていました」

「そうなっていましたね。遺書の内容は載っていなかったけど。彼は、その大金を持って死んでいたんですか?」

「遺書には、金は友だちに奪われたとあり、汐音さんに対して詫びる内容でした」

「奪われた?」

「友だちにと書いてありましたが、心当たりがありますか?」

紫門は、駒井の横顔をにらんだ。

「誰のことだろう。彼の金を奪った友だちは、いったいどうしたんでしょうか？」

「そこまでは書いてなかった。たぶん逃げて行方をくらましたということでしょう」

「そんな、トロい男じゃないような気がしますけどね」

駒井は、無精髭の伸びた頰を掻いた。

荷物にシートをかぶせた平たい船が下ってきた。艫《とも》に男が一人乗っていた。舳先《へさき》が水面に映るビルの影を砕いていった。

「安達さんは、登山はしていましたか？」

「きいたことありません。ハイキングぐらいはしたことがあったでしょうけど」

「彼は、小型ザックを背負って山へ行っています。コンビの軽登山靴を履いていました。……駒井さんは、彼の部屋へ行ったことがありますか？」

「ええ。何度も」

「彼の部屋で、山靴やザックを見たことは？」

「ないです。押入れにでもしまってあったのかな。……そうだ。安達のことをよく知ってる子がいますよ」

「女性ですね？」

「二年間ぐらい、彼と一緒に暮らしてたんです。エリっていう名で、いま、歌舞伎《かぶき》町《ちょう》のスナックにいます。フルネームは知りません」

駒井は、エリという子が働いているスナックの場所を、紫門のメモ帳に描いた。「タイム」という小さな店だが、すぐに分かるといった。

エリは、安達が汐音と付き合う前の恋人だったという。彼女にきけば、安達に関してのたいていのことは分かるといった。

駒井は、タバコをくわえて立ち上がった。そろそろ昼休みが終わる。

「安達が、遺書を書いて死ぬなんて……」

信じられないことだと、彼の横顔はいっていた。

彼は、タバコを指ではじき飛ばした。

なにかききたいことがあったら、また連絡してくれということらしい。彼は倉庫へ向かって駆けていった。

「じゃ、また」

紫門はしばらくコンクリートの上に立っていた。薄暗い庇《ひさし》の下で、黄色に塗ったフォークリフトが動きはじめた。ヘルメットをかぶった駒井が運転していた。

紫門は、モノレールの駅に向かって十分ばかり歩いたところで、「民宿」へ電話した。なにか連絡が入っていないかをきいた。山で大きな事故が起きると、彼は駆けつけなくてはならない。

どこからも電話はないと、石津の母親は答えた。彼女の声は、たしかに実際の歳より若く聞こえる。

4

「タイム」のエリは、出勤したばかりだった。

彼女は、もう一人の女性と一緒に、カウンターやテーブルを拭《ふ》いていた。

「三十分ぐらい、いいかしら？」

話をききたいといった紫門をの頼みをきいて、エリはもう一人の女性に断わった。

エリは二十五、六歳だろうか。丸顔で小柄だった。

ビルの上のほうに薄陽が残っていた。彼女とは駐車場の隅で、立ち話することになった。

昼間、駒井に会ったというと、

「元気でしたか？」

といって微笑した。口を囲むように太い皺ができ、八重歯がのぞいた。

「新聞で見て、びっくりしました」

安達のことである。

「安達さんとは、なぜ別れたんですか？」

「さんざん、嫌な思いをしましたから」

「嫌な思い？」

「音楽に凝ってるのはいいんだけど、まともに働くのが嫌いな人なんです。わたし錦《きん》糸町《しちょう》のスナックで働いて、彼を食べさせていました。……彼って、すぐ女の人と仲よくなるんです。わたしと一緒にいるアパートへ、帰ってこない日が何日もありました」

彼女は、疲れはてて、友だちと話し合った。彼がいないあいだに荷物をまとめて、友だちの住まいへ逃げていったのだという。

「わたし、二十四だったんだけど、ボロボロのおばちゃんになってしまいそうな気がしました」

バンドの仲間の話で、安達はエリのいる場所も働いている店も知ったはずだが、彼は一度も顔を見せなかった。バンド仲間から、彼が金持ちのお嬢さんと付き合いはじめたことをきいた。そのお嬢さんとも、そう長くはつづかないだろうとエリは想像していた。

「安達さんは、病院長の娘さんが持ってきた大金を持って、彼女を残して出たまま帰らなくなりました。そういうことをしそうな人でしたか？」

「彼ならやったでしょうね。好きなことをやって、遊んでいたい男ですから」

「バンドのために使うといって、持って出た大金を、友だちに取られてしまったということです。彼は『遺書』にそう書いています」

「友だちに、取られた……」

彼女は暮れかかる空を仰いだ、ビルの上部に当たっていた陽は消えていた。

「信じられません」

安達は、友だちに金を奪われるような男ではないし、詫び状を遺して自殺するような男でもないという。

この見方は、駒井と同じだった。

「彼がザックに容れていた『遺書』は、警察の調べで彼の筆跡と確認されています」

「彼の字は、大きくて下手くそです」

「ぼくは、『遺書』を直《じか》に見ています。たしかにうまい字とはいえませんでした」

「彼のお金を取った友だちって、誰のことかしら？」

彼女は、また空に目を向けた。

エリは安達と、約二年間暮らした。だから彼の友人や知り合いはたいてい知っているというのだ。

「バンドの仲間では？」

紫門はいってみた。

「そんな人はいません。彼からお金を取った人は、逃げてしまったんでしょ。だからバンドの仲間じゃありません」

バンドのメンバーだったとしたら、リーダーの駒井が知っているはずだった。

「すいません。紫門さん、タバコ持ってます?」

「ぼくは吸いませんから」

「いいわ」

紫門は、買ってこようかといったが、彼女は顔の前で手を振った。

「安達さんは登山をしたことがありましたか?」

「登山?」

「彼は、『遺書』に、山の中で死ぬと書いていますし、軽装ですが、山登りの服装をしていました」

エリは首を傾《かし》げた。

紫門は、安達の着ていた物や靴を話した。

「ザックや登山靴なんて、持っていませんでした」

彼女は断言した。

ザックや登山靴を持っていたとしても、それを葛飾区のマンションへ置いていったはずだ。安達は、汐音が病院から持ち出した黒いバッグだけを提げて、彼女を残して出ていったというのだから。

「彼、殺されたんじゃないかしら？」

　エリは、紫門の目の奥をのぞくような表情になった。彼女の言葉は、安達の人柄や過去を振り返っての結論のようだった。

　紫門はエリにも、「民宿」の電話番号を教えた。あとで安達のことを思い出したら、連絡してくれそうな気がしたからだ。

5

　紫門は、花井汐音に会ってみたかった。警察は彼女に会い、安達の「遺書」を見せているだろう。

「遺書」を見せられ、安達の文字に間違いないと答えた一人が汐音だったと思われる。

彼女は現在、厳しい監視下におかれているのではないか。なにしろ、病院の職員のスキを衝いて四千万円もの現金を持って、男のもとへ走った人だ。不良性のある男にだまされた娘だ。このことを両親が世間に知らせまいとすれば、彼女の単独の外出を許さないのではないか。

たとえ院長の娘の行為にしろ、大金を盗み出された病院の管理も、どこか杜撰《ずさん》だ。

紫門は、三也子に電話で、きょうの調査結果を報告した。

「エリという女性の言葉は、的を射ていそうな気がするわね」

エリが、安達は殺されたのではないかといったことを三也子は指している。

「殺される者が、遺書を書くはずがないよ」

「警察は、彼の『遺書』によって、自殺と断定したのでしょうけど、わたしには、どこかにからくりがあるような気がしてならないわ」

「ぼくもそこがひっかかっている」

「安達が殺されたとしたら、石本さんの遭難も怪しくなってくるわね」

「二人の死亡は、関連していそうだっていうんだね？」

「紫門さんもそうみているんでしょ。だから調査に乗り出したんでしょ？」

「ぼくを動かしたのは、石本の縦走が単独とは思えなかったからだが、彼が行方を調べていた安達が死んだのは、意外な展開だった。石本が探偵社をやめたことと、安達の死亡とは、一本の線でつながりそうだと思うようになった」

「わたしもそれを考えていて、石本さんと一緒に、安達や汐音さんの行方を追っていた調査員が、怪しくみえてきたの」

「汐音が病院から持ち出した金を、安達が持っていたのを知っていた連中だからね」

紫門は、今夜はまっ直ぐ「民宿」へ帰るといった。

「あした時間ができたら、会ってね」

三也子は口調を変えていった。

紫門は、「民宿」へ電話した。どこからも連絡は入っていない。石津の母親は答えた。

新宿駅の近くで、携帯電話で話しながら歩いている男を見て、自分も「ケイタイ」を持ったほうが便利ではないかと思った。だが、それを持つと、山岳救助隊は、小さな事故が起きた場合でも、彼を呼びつけそうな気がした。


翌日、紫門は小金井市の花井病院を見に行った。六階建ての白塗りの病院はわりに新しかった。広い駐車場があって、車がひっきりなしに出入りしている。タクシーが客を降ろすと、そのまま待っていた。病院から出てきた人が乗っていく。

院長の自宅の住所は、佳代子からきいていた。病院の裏側に当たり、三〇〇メートルぐらい離れていた。サクラ並木の通りだった。「花井」という表札の出ているその家は、洋風建築の二階建てだった。コンクリートの高い塀に囲まれ、黒い鉄の門扉《もんぴ》が不用の者を拒んでいるように見えた。塀の中で穴の戸がした。大型犬のようだ。二階の窓が見えたが、目隠ししているようにカーテンがいっぱいに張られている。

その二階のどこかに、汐音は幽閉されているのではないかと思った。

門扉のあいだから、外国製らしい緑色のスポーツカーが見えた。若者が乗りそうな車だ。汐音が使っているのではないか。

郵便配達が自転車でやってきた。紐で結《ゆ》わえた郵便物の束を、門の横のポストへ差し込んでいった。

花井家の左隣りも大きな邸で、古い家屋を圧するようなケヤキが天を衝いていた。右隣りは空地だ。有刺鉄線が張ってあり、雑草が生《は》えていた。

白い小型車が花井家の前にとまった。紫門はサクラの木の陰に身を寄せた。中年の男と二十代の女性が降り、チャイムを押した。女性は水色のユニホームのような半袖の上着だった。茶色の封筒を抱えている。

半白の髪をした女性が、門の横の扉を開けた。中年男と若い女性が入っていく。犬は吠えなかった。

半白頭の女性は、二人に丁寧に腰を折っていた。

この家のお手伝いではないか。もしかすると、車でやってきた男女は、花井病院の職員ではないか。

男女は、五分ほどで出てきた。さっきの半白頭の女性が、門扉のところまで出て車に乗った二人を見送った。

紫門は病院の前へ戻った。白い建物の前や駐車場を歩く人の中に、水色の上着の女性がいた。さっき花井家を訪問した女性と同じ上着だった。花井病院の事務職員のユニホームらしい。

彼は病院の中へ入った。「受付」「会計」などの札の下がったカウンターの中にいる女性は水色のユニホームを着ていた。

彼は、その中にさっきの女性をさがした。が、見当たらない。花井家を訪ねた女性は、長い髪で額の上の髪をはね上げたようにしていた。お手伝いらしい女性の態度からみて、たびたび院長宅を訪ねているようだった。

正午になった。水色のユニホームの女性が、二人、三人と病院の左手のほうから出てきた。昼食か、買い物に行くらしい。

紫門は駐車場から、彼女らをじっと見ていた。十五分ぐらいして、額の上の髪をはね上げた女性が一人で出てきた。花井家を訪ねた女性に間違いなかった。

彼はそっと彼女を尾けた。彼女はパン屋に入った。白い紙包みを持って店を出てきた。昼食を買ったようだ。

「失礼ですが、ちょっと」

彼は声を掛けた。

振り向いた彼女は丸い目をした。

紫門は名刺を出し、仕事が終わってからでいいから、話をききたいといった。

どこがよいかときくと、学芸大学《がくげい》近くのファミリーレストランを指定した。

ずだったが、きょうは午後四時に勤務を退《ひ》けるから、そのあとなら会えると答えた。

だと分かったらしい。汐音のことを知らなければ、彼女は紫門と会うのを拒否するは

院長の娘に関することをききたいというと、彼女は眉に変化を見せた。汐音のこと

彼女は怪訝《けげん》そうな表情をした。ユニホームの胸に「沖《おき》」という名札をとめていた。

「山岳救助隊の方が……」

沖という病院職員は、四時半にファミリーレストランへ現われた。

「わたし一人ではなんですので、一緒にきてもらいました」

彼女は同年輩の扁平《へんぺい》な顔の女性とともに、紫門の正面にすわった。

「あなた方は、花井汐音さんが、一時行方不明になったことをご存じですね?」

二人は顔を見合わせてからうなずいた。

紫門がにらんだとおり、二人は病院の事務職員だった。

彼は、汐音が病院からなにを持ち出して、誰のところへ行ったのか知っているかと

きいた。

「どこの誰のところへ行ったのかは、知りません」

汐音が、病院の現金四千万円を持ち逃げしたことだけは知っているということだ。

一部の職員から汐音の行為の噂は病院に広がったのだろう。

「ぼくは、北アルプスで遭難救助にたずさわっているんですが、最近起きた二件の遭難に不審な点があるものですから、それを調べています」

「遭難のことは、ときどき新聞に出ていますが、お調べになっているのは、どんな遭難ですか？」

二人は、紫門の話に興味を持ったようだ。

彼はコーヒーを取ったが、二人はケーキセットを注文した。二人とも二十五、六歳に見える。

紫門は、「花井家のプライバシーに触れることでしょうが」と前置きして、蝶ヶ岳の東面で白骨体となって発見された安達正裕のことを話した。彼のザックから出てきた「遺書」の内容も話した。

二人の女性は、ケーキを割る手をとめた。さっきとは目の輝きが異なってきた。

「汐音さんは、安達という男の人のところへ、現金を持っていったんですか？」

沖がきいた。

「そうです。安達は、マンションに汐音さんを残して、その現金をそっくり持って行方不明になりました。そして、蝶ヶ岳という山の東側で、白骨になって発見されました」

「汐音さんは、その男の人にだまされたんですね？」

「そうだと思います」

「安達という人も、誰かにだまされて現金を取られてしまったんですね？」

「そこが怪しいんです」

彼は、安達の人柄を話した。

二人はようやく、紫門の調査目的を呑み込んだようだ。

「安達は、大金を持っているのを知っている人間に、狙われたんじゃないかとにらんでいます」

「狙われたとおっしゃいますと？」

「現金を奪った者が、安達を山へ連れていったんじゃないかとね」

二人の女性は、ケーキを食べるのを忘れてしまったように肩を固くして、顔色を変えた。

「病院には、汐音さんが大金を持ち出したことを知っている人が何人もいるでしょうが、彼女が家へ連れ戻された結末を知っているのは、そう何人もいないのではないでしょうか？」

「わたしたちは、院長のお嬢さんがどうなったかは知りませんでした」

沖がいうと、もう一人はうなずいた。

「最近、汐音さんの姿を見たことは？」

「ありません。ですから、お金を持ち出したきり、帰ってこなくなったと思っていました」

沖は院長宅へ行っている。それなのに汐音が戻ったことを知らないようだ。花井家では汐音の姿を他人に見せないようにしているのか、それとも彼女を自宅に置いていないのか。

「汐音さんが行方不明になった直後、病院の職員で彼女の行方をさがした人はいませんか？」

「わかりません。さがしたとしたら、院長の秘書か、経理課長だと思います」

「汐音さんの所在が分かったのは、六月中旬。正確には六月十二日でした。その直後、職員の中で、何日間か病院を休んだ人はいなかったかを、気づかれずに調べることはできないでしょうか？」

二人は、「えっ」といって、また顔を見合わせた。

二人は、額を寄せ合うようにして、低い声で話し合っていた。心当たりでもあるのだろうか。

「すぐに分かるかどうか、周りの人に知られないように調べてみましょうか？」

沖がいった。

「ぜひお願いします」

紫門は、くれぐれも注意してやってくれといった。

二人は、冷めたコーヒーを飲み、ケーキを食べた。

「紫門さんはさっき、二件の遭難について不審を抱いているとおっしゃいましたが、もう一件はどんな遭難なんですか？」

沖は、ナプキンで唇を押えた。

紫門は、石本重和の転落死を話した。大キレットの位置も説明した。

「石本という人は、都内の探偵社の調査員でした。その探偵社は、花井院長の秘書の方から、汐音さんの所在調査を依頼されたんです。調査には四人が当たりましたが、石本さんはそのメンバーの一人だったんです」

沖ともう一人は、紫門の顔を見つめたまま凍ったように動かなくなった。

「汐音さんの所在は、探偵社の四人によって突きとめられました。彼女が安達の帰りを待っていたマンションの一室へ、彼女のお母さんと院長の秘書の方が駆けつけ、汐音さんを説得して連れ戻しました。その段階で、探偵社の調査は打ち切られました」

「汐音さんが持っていった現金を、奪って逃げた安達という人の行方までは調べなかったんですね？」

「病院では、たぶん院長の指示でしょうが、四千万円を取り戻そうという意思はなかったんでしょうね」

「大金なのに……」

「花井病院と院長にとっては、大した金額ではなかったのではないでしょうか。……だけど、その四千万円を諦《あきら》めない人間がいたものとぼくはにらんでいます。その人間によって、安達は、所在を突きとめられたんじゃないかと思うんです」

沖は、両手で頬をはさんだ。恐ろしい話をきかされたという表情だった。横の女性は髪に手をやった。考えごとをしているように見えた。

二人は帰途、紫門からきいたことに想像をまじえて話し合いそうな気がした。

外へ出たとたんに汗が噴き出した。月も星もなく、ドームに入っているようだった。星に手が届きそうな涸沢の夜が恋しかった。

四章　休暇の理由

1

花井病院の女性職員・沖から「民宿」に電話が入った。

紫門にいわれて、六月十二日以降、連続して欠勤した職員がいなかったかを、出勤簿によってそっと調べた。すると、日曜を中にはさんで、四日間と、五日間休んでいる男の職員が二人いた。一人は休暇を取り、一人は病欠だったという。

「四日間休暇を取った人は、ハイキングや登山をしています」

沖は、声を潜《ひそ》めていった。

「二人とも、汐音さんが病院の現金を持ち出したことを知っていたでしょうか?」

「一人は経理、一人はわたしと同じ総務担当ですので、知っていました」

二人とも、汐音が現金を持ち逃げした日、出勤していたという。

経理担当職員は木下《きのした》といって、三十七歳。六月十三日から五日間、体調が悪いといって欠勤した。

総務担当は宮城《みやぎ》といって四十二歳。この人がハイキングや登山が趣味という。

二人とも妻子があるといって、沖は各人の住所を読んだ。彼女は、総務担当で人事記録を見ることが可能な部署にいるのだった。

紫門は沖に、宮城の休暇理由が分かっているかときいた。休暇願にはその理由を記入することになっており、「自宅の修繕」と書いてあるという。

紫門は、木下と宮城の身辺を嗅いでみることにした。

二人は、汐音が病院から現金を持ち出したことを知っていただけでなく、安達正裕にその現金をそっくり奪われてしまったことを知っていた可能性が考えられた。ひょっとしたら二人は手を組んで、安達の行方を追跡し、彼が持っていた四千万円を奪い取った疑いも持てるのだった。

まず宮城の自宅をそっと見に行った。そこは府中《ふちゅう》市の住宅街だった。小ぢんまりした木造二階建ての住宅がずらりと並んでいた。近所で聞き込むと、十二、三年前に建売り分譲された一画だという。

宮城には、小学生の子供が二人いる。彼は車で通勤していることが分かった。

六月中旬、自宅の修繕をしていたかと、隣家の主婦に尋ねた。

「家の修繕ですか……。気がつきませんでしたが」

宮城は四日間も休んでいる。その四日間をフルに家の修繕に充てたのでなくても、隣家には板を張ったり釘を打ったりする物音はきこえたはずだ。

紫門は、宮城家のすぐ裏側に当たる家で同じことを尋ねた。

「いいえ。何日もかけて修繕するほど家は古くありませんし、もよう替えしたようすもありません」

と、四十代の主婦は答えた。

主婦の家から宮城家はまる見えだ。せまい庭があって、白い花が咲いている。物置などを建てたようでもない。

「六月半ばごろといったら、宮城さんのご主人は山へいらしたようですよ」

「山へ……」

なぜそれが分かったのかと、紫門はきいた。何日だったかは忘れたが、宮城がザックを背負って帰ってきたのを、主婦が見掛けたという。

「その次の日でした。宮城さんの奥さんが、ザックや山で使った雨具のような物を、洗って干していました。わたしは学生のころよく山へ登っていましたので、それが印象に残っているんです」

主婦の記憶は鮮明のようだ。

「奥さんは、宮城さんがどこへ登ったのかを、おききになりましたか？」

「いいえ」

彼女は、宮城の家族とはそれほど親しくしていないからだと答えた。

紫門は、宮城がどこへ登ったのかをどうしても知りたい。

宮城は、家の修繕をするといって休暇を取った。それなのに山登りに出掛けたらしい。なぜ勤務先に偽りの申告をしたのか。登山をするといっては都合の悪いことでもあったのか。

安達の死亡は、六月二十日前後と推定されている。「遺書」の日付は六月十五日になっている。「遺書」を書いたあと山に入ったものとみていいだろう。

宮城は、六月十四日から、日曜をはさんで四日間休んだ。この間に安達は死亡したのではないか。

紫門は興奮を覚えた。三也子に電話した。夏休みの彼女は、自宅でずっと彼からの連絡を待っているようなのだ。

「宮城という人、疑ってみる必要があるわね」

三也子はいった。

「彼がどこへ登ったのかを知る方法はないものだろうか」

「一緒に山行《さんこう》をした人が分かれば、確認が取れるけど、単独だったらダメよね……っ
もう一人の職員が、ほんとうに病気だったかどうか分かったの？」

「それはこれからだ」

「その人が病気で寝こんでいなかったとしたら、宮城という人と一緒に山に登ったことが考えられるわね」

「木下の身辺を調べてみる」

その結果を、また知らせると彼はいって電話を切った。

彼女は、くれぐれも気をつけるようにと、まるで母親のようないい方をした。


木下の住所は三鷹《みたか》市のマンションだった。

隣室の主婦に意外なことをきいた。

木下は、妻と五、六歳の女の子の三人暮らしだったが、六月初めごろから、妻と娘の姿が見えないという。

「奥さんは、三鷹駅前の歯科医院にお勤めしていました。うちの子供はその医院にかかっています」

「木下さんの奥さんは、歯科医ですか?」

「歯科衛生士というんですか。先生の助手のようなことをしていました」

木下の妻は、そこをやめたようだし、子供を連れて出ていったのではないかと、主婦はいった。

「離婚したんでしょうか?」

「そこのところは、よく分かりません」

隣室の主婦は、駅前の歯科医院へ行ってみれば、はっきりしたことが分かるのではないかといった。

六月半ばごろ、木下は体調を崩して勤務先を五日間欠勤したが、それを知っているかときいたが、主婦は分からないと答えた。

紫門は、主婦に教えられた歯科医院を訪ねた。そこは駅前のビルの二階だった。ガラスを張った受付に若い女性がいた。メガネを掛けた五十代の歯科医師が出てきて、三十分ばかり待ってもらいたいといった。

天井から音楽が降っていた。待合室には紫門のほかに誰もいなかった。完全予約制のようだった。

診療室から出てきた患者は中年の身なりのよい女性だった。

歯科医師は、紫門を奥へ通した。応接室があるのだった。

「木下さんは、五月いっぱいでやめました」

紫門が訪問の趣旨を話すと、歯科医師はいった。

「木下さんの奥さんは、自宅にいないようですが?」

「じつは、私に相談されましてね」

歯科医師は、メガネの縁を指で押し上げた。

「木下さん、夫とうまくいかなくなったというんです」

「不仲というわけですか？」

「夫に、好きな女性ができたらしい。どこの誰かは分からないが、今年の五月の時点で、すでに半年ぐらい前にそれを感じたということでした」

「離婚なさるということだったんですか？」

「離婚まではどうか分かりませんが、家へ帰ってきて、妻や子供のいる前で、ほかの女性のことを思っているような人と生活はしていられないので、しばらく別居して、よく考えるといっていました」

木下の妻の実家は、横浜市だった。妻がそこへ身を寄せたかどうかは不明だが、実家に子供を預けて働かなくてはならないといっていたという。

歯科医師は、木下の妻の実家の住所を知っていた。

「木下さんの奥さんは、和子《かずこ》さんといって、堅実な人でした。器量も悪くないし、私は気の毒だなと思いました」

「先生は、木下さんにお会いになったことがありますか？」

「二年ぐらい前だったでしょうか、歯の治療に見えました」

「どんな印象をお持ちになりましたか？」

「病院に勤務している人らしく、地味な感じで、これといって特徴はありませんでした」

　チャイムが鳴った。次の患者が訪れたようだ。

2

　木下の妻・和子の実家に電話し、彼女と連絡が取れて、会うことができた。彼女は横浜市の実家の近くに、部屋を借りているのだった。昼間は母親に子供を託して、付近の歯科医院に勤めているという。

　木下に好きな女性ができたからには、生活費の援助は期待できないと思ったと、彼女は顔を伏せて低い声で話した。

　紫門が彼女に会った目的は、木下が六月十三日から五日間、病気になって自宅で寝《やす》んでいたかの確認だった。

「なぜ、そのようなことを？」

　知りたいのかと、彼女は顔を上げた。

　紫門は、北アルプスで起きたある遭難事故に、木下が関係しているか否かを調べているといった。

「木下は、山登りをしたことはありません」

「その間、山登りをした同僚がいます。欠勤されていた日が一致しているものですから、五日間どうなさっていたのかを知りたかったんです」

紫門がいうと、彼女はバッグから小型ノートを取り出した。それには覚え書が記してあるらしい。

「山に登ってはいなかったと思いますが、そのころ、木下は不在でした」

「三鷹市のお宅へ行かれたんですか？」

「子供のことで大事な話があったものですから、電話しました。夜も出ないものですから、次の日に病院へ掛けました。休んでいるといわれました」

「それは何日のことですか？」

「六月十四日の昼と夜、それから十五日の昼と夜です」

彼女は毎日、電話を掛けた。木下と話ができたのは、十七日の夜だったという。

「木下さんは、どこかへお出掛けだったんですね？」

「休暇が取れたので、伊豆《いず》へ釣りに行っていたといっていました」

これで木下の嘘がバレた。

彼は勤務先の病院を、病気だといって休んでいる。妻には、休暇が取れたので旅行していたといった。両方とも嘘のような気がする。

和子は、好きな女性と一緒に旅行していたのではないかと、勘繰《かんぐ》ったのではないか。

木下は、病気でも釣りでもなくて、同僚の宮城と組んで、安達を山へ連れていったようにも思われる。勿論、安達の意思ではないだろう。紫門が想像するには、宮城と木下は、探偵社が汐音の居所を突きとめたあと、安達の潜伏先をさがし当てたのではないか。二人は、汐音が安達に四千万円をだまし取られたことを知ったにちがいない。

安達の隠《かく》れ処《が》を襲い、脅して、「遺書」を書かせた。そのあと、たぶん車に押し込み、信州へ向かって走った。宮城は山をやっていたから、蝶ヶ岳東面の登山道と森林帯のことに通じていたのだろう。

木下和子と別れると紫門は、三也子に電話した。

「いよいよ二人は怪しいわね」

「二人が、口実を使って勤務先の病院を休んだというだけでは、安達を脅して金を奪ったとも、山へ連れていって殺したとも決めつけるわけにはいかない。どうやったら、二人が安達と接触したという証拠を摑めるだろうか？」

「二人に直接会うわけにはいかないものね」

「それはできない。彼らは安達を殺しているかもしれないんだ。それをぼくに嗅ぎつかれたと知ったら、どんな手に出てくるか……」

「二人が怪しいというだけで、警察に相談するわけにはいかないでしょうし」

「勝手に疑ったりしていることが知られたら、人権にかかわるといって、抗議を受ける結果になりそうだね」

「こうやってみたら、どうかしら」

「どうする?」

「宮城という人にでも、木下という人にでもいいから、直接会ったら」

「直接会うわけにはいかないって、いったじゃないか」

「相談をもちかけるのよ。安達の遭難に疑問を持っているが、どう思うかって」

「なぜ、そんなことをきくのかって、逆に疑われるよ。もしも二人が安達を殺《や》っていたとしたら、ぼくをマークすると思う。これからは安心して歩けなくなってしまう」

「そうね。やっぱり危険よね」

「宮城は山をやっている。たぶん一緒に登る友だちがいると思う。そういう人を、さがし出して、当たってみるよ」

「見つかるかしら?」

「知恵を絞ってみるよ」

彼は「民宿」に帰った。

石津と久し振りに一杯飲《や》った。

花井病院の二人の職員に疑惑を抱いていると話した。

「宮城の山友だちを見つけ出したいが、いい方法はないだろうか?」

額に汗を浮かせている石津にきいた。

「宮城という男の出身校は？」

「知らないんだ」

「それを女性の職員に調べてもらえばいい。同窓会の名簿を見て、電話で片っ端から当たれば、誰が親しいか分かるよ」

石津がいうと簡単そうである。

木下の友人を知るにも、同じやり方をすればよいという。

紫門は、この前番号を控えておいた花井病院の沖の自宅に電話した。

「はい。キョウコです」

彼女は、高校生のような声で応じた。

「いいお名前ですね。どういう字ですか？」

彼女は、今日子《きょうこ》だと教えた。

彼女は、宮城の出身大学を知っていた。

「宮城さんは、R大学でワンダーフォーゲル部に所属していたそうです。金沢まで歩いたという話をきいたことがあります」

紫門は、宮城にも木下にも不審な点があるとだけいった。詳しいことは今度会ったとき話せばよい。

「R大学で、宮城さんと同級生だった方を、一人知っています」

「花井病院の職員ですか？」

「医薬品会社の方です。宮城さんのコネで、うちの病院に出入りするようになりました」

沖今日子は、宮城の同級生が勤めている医薬品会社名をいった。本社は大阪だが、東京支社は神田《かんだ》だという。

「高松《たかまつ》さんといって営業二部にいらっしゃいます。お相撲さんのような体格で、とても明るい方です」

彼女は笑みを浮かべているような声だった。

高松という男は、紫門の横にいる石津よりも巨漢なのか。

「案《あん》ずるより産《う》むが易《やす》しだな」

紫門が受話器を置くと、石津が目を細めた。

「お前が出身学校の同級生に当たってみろといってくれなかったら、いまの女性にきくことなど思いつかなかった」

二人はあらためてビールのグラスを合わせた。

石津の母親が鱚《きす》の干物を焙《あぶ》ってきた。

「これだと、日本酒で飲《や》りたくなるな」

紫門がいった。

「居候のくせに、贅沢なヤツだ」

石津が、母親にきこえるようにいった。

母親は、氷をいれた容器に日本酒を注いできた。

3

医薬品会社の高松は、石津よりもひと回り大きかった。ネクタイを締めた襟元が窮屈そうだ。色白で頰が赤い。その童顔は、まるで博多《はかた》人形のようである。

宮城には内緒だが、六月半ばのことをききたいと紫門はいった。

「なんでもおっしゃってください。宮城のことならたいていのことは知ってるつもりです」

高松は快活にいった。

「宮城さんが登山をなさることはご存じですね？」

「ええ。彼は学生時代、ワンゲルにいましたし、親しい連中とも登っていましたよ」

「六月十四日から四日間、自宅の修繕をするという理由で、花井病院を休みましたが、それは口実で、じつは登山をしていたようです。宮城さんが登山の服装で帰ってきたのを、近所の人が見ていますし、その次の日、奥さんが、ザックや登山装備を洗って干していたのを見た人もいます。なぜ、自宅の修繕と偽《いつわ》って休暇を取ったのか、お分かりになりますか？」

「六月中旬、彼が山へ登ったことは知りません。ですが、勤務先にべつの口実を使って休んだ理由の見当はつきます」

「なぜでしょうか？」

「花井病院では、休暇を使って危険なスポーツをやることを禁じているんです。なぜかといいますと、去年の九月、医局と薬局の職員が六人で、急流下りに出掛け、ボートの転覆で三人が死亡し、一人が重傷を負いました」

「その事故なら覚えています」

紫門は新聞で読んだ記憶があった。が、それが花井病院の医師や職員だったことは忘れてしまっていた。

「その事故以来、生命にかかわるような危険なスポーツを禁じたんです。人の生命をあずかる医療機関にいる者が、休暇を利用して、危険なことをするとは、もってのほかという院長の鶴の一声で、やめさせられたんです。登山も禁止されたことの中に入っています。ですから、宮城は口実を使って山へ登ったのだと思います」

「ロッククライミング以外の国内登山は、それほど危険なスポーツではありません。

体力とか、その人の経験に見合った山とか、日程とかを考えて登ればです」

「紫門さんは、そうみておられるでしょうが、院長にしてみれば、登山には遭難はつきものと思っているんじゃないでしょうか。国内の山でも、断崖から転落したとか、径《みち》に迷って行方不明になる人がいるじゃないですか」

「ぼくらは、そういう登山者をなくすように指導もしていますけどね」

「私の知り合いで、ヒマラヤの山へ何回も登ったことのある男が、北アルプスで雪崩《なだれ》に巻き込まれて生命を落としています」

「雪崩は避けがたい場合がありますからね」

「花井病院の院長は、事故に遭いそうな危険な場所へは、近寄るなといっているそうです」

高松は、はっと気づいたように、宮城の山行についてなにを知りたいのかときいた。

「六月二日に、花井病院内で、ある事件が起きていますが、高松さんはそれをご存じでしたか？」

「事件……。いえ、知りませんが。いったいどんな？」

「それではお話ししますが、これも内緒にしてください」

紫門は、院長のお嬢さんが、病院の経理課に入ってきて、そこに置いてあった現金入りのバッグを持って、一時行方不明になった事件を話した。

「知りませんでした。院長には、男の子と女の子がいて、娘はまだ学生だという話をきいたことがありますが、顔を見たこともありません。娘は、その現金をなにに使ったんですか？」

「恋人のところへ持っていったということです」

「貢いだということですね？」

「そのようです」

高松は、山岳救助隊の紫門がどうしてそんなことまで知っているのかときいた。もっともな質問だった。

紫門は、高松なら話してもさしつかえないとみて、石本重和の遭難と、調査を始めるにいたった経緯を説明した。

「花井病院の娘の恋人だった安達という男の自殺にも、紫門さんは疑問をお持ちになったんですね？」

「そのとおりです。ぼくは、汐音さんが病院から持っていった現金を、友だちに奪われたという安達の『遺書』を疑っています。安達の友人の話ですと、彼は現金を奪われるほどトロい人間ではないということです」

「『遺書』も疑わしいけど、安達の自殺も怪しいということですね。安達は、いつごろ死亡したんですか？」

「解剖や鑑定の結果、六月二十日前後ということです」

「紫門さんの調査目的が分かりました。安達が死亡したころに、宮城が口実を使って病院を休んで、山へ登った。もしかしたら、安達の死亡に彼が関係しているのではと思われたんですね？」

「宮城さんには失礼なことですが、彼は汐音さんが現金を持っていったことを知っている一人でした。院内にはそれを知っている人は何人もいるようですが、安達が死亡したころ、何日かつづけて休んだ職員は二人しかいません」

その一人が宮城だし、休暇願に書いた理由と違っていたことと、登山がひっかかっているのだと話した。

「紫門さんが疑われるのはもっともだと思います。私が紫門さんなら、やはり宮城に疑問を抱いたでしょう」

「高松さんは、宮城さんを学生のころからご存じです。そういう方の目からご覧になって、安達の死亡に関係していそうだとお思いになりますか？」

「友人ですから、怪しいなんて思いたくはありませんが、宮城はそんな男ではないと、自信を持って否定できない一面があります」

「たとえば、どんなところでしょうか？」

紫門はつい上体を乗り出した。

「元々、悪癖があるといった人間ではありませんが、無理して家を買ったために、経済的に苦しくなりました。家を買うとき、頭金の一部を病院から借りるつもりだったんですが、断られました。そこで学生時代の友人から借金しました。私も少しばかり援助しました。ボーナス時に分割で返済する約束でしたが、去年の下期と、今年は待ってくれといわれました。二人の子供も大きくなるし、生活は楽ではないようです……。それに彼は車好きで、よく車を買い換えています。借金を返せないのに、よく車を買うなと思ったことがあります」

高松の医薬品会社は、花井病院に宮城がいたために取引が始まった。このことについて高松は宮城に恩を感じているが、宮城はリベートを要求したことがあったという。医薬品会社は一度だけ、ある程度まとまった金額を礼として宮城に渡した。

「宮城としては、毎年、リベートをくれてもいいと思っているようです。私は上司にそれをいったことがありますが、幹部は認めてくれませんでした」

紫門は、宮城の山友だちをきいた。六月中旬の山行を、誰としているのかを知りたかった。一緒にどこへ登ったかが分かれば、彼が安達の死亡に関係していたかどうかの判断がつきそうだ。

高松は、ポケットノートをめくって二、三カ所へ電話した。

六月中旬、宮城と山行をともにしていそうな人間を、友人に問い合わせたのだった。

高松は席に戻った。

「誰と一緒に山へ行ったのか知っている者がいません」

「単独行ということも考えられますね」

「たまに一人で登るといっていたことがありますから、その可能性はあります。でもどこへ登ったのかがはっきりしないと、疑惑は解けませんね」

紫門は、これから宮城の日常に注目していてくれと頼んだ。もしも宮城が、借金の一部でも高松に返済したとしたら、嫌疑はいっそう濃くなりそうである。

「民宿」に連絡すると、市川という女性から電話があったといわれた。明星探偵社の市川佳代子だろう。

紫門は勤務先にいる彼女に連絡した。

彼女は周囲にいる同僚の耳を気にしてか、あらたまった口調で話したいことがあるといった。

「夕方、いつものところでいかがでしょうか？」

いつものところというのは、原宿の喫茶店だ。話したいこととは、石本に関してなにかが分かったのか。

4

佳代子は、レースの襟の白いブラウスを着ていた。その胸元には赤とブルーの鳥の模様が刺繍《ししゅう》してあった。スカートはグレーだ。清楚なおしゃれである。

「気がついたことがあって、星さんの出勤簿を見たんです」

星は、大キレットで墜落死した石本の同僚で、長沼、川端とともに花井汐音の行方を調査した調査員だ。その調査のリーダーが星宏介《こうすけ》だった。

星は、七月十九日から二十四日まで夏休みを取り、二十五日に出勤をしているという。

この間の二十二日午後、石本が遭難したのである。

佳代子からこれをきいて、紫門はノートを開いた。

「たしか星さんには登山経験があるということでしたね？」

「石本さんと一緒に山登りしたことがあります。ずっと前、石本さんから一緒に登ったという話をききました」

「奥さんから夏休みにどこへ行ったのかをきいていますか？」

「いいえ。特にきいていません」

「星さんと一緒に、汐音さんの調査をした長沼さんと川端さんも、夏休みを取っていましたか？」

「仕事の関係で全員が一斉に休むことはできませんので、各部署で話し合って、交代で休むことにしています。長沼さんが休んだのは、八月の初めで、現在、川端さんが休んでいます」

彼女は、川端の休暇願を見て、星がいつ夏休みを取ったのかを思いついたという。

「長沼さんと川端さんは、登山をしないということでしたね？」

「きいたことがありません」

紫門は、佳代子に断って椅子を立った。

なぜか、今日の喫茶店はすいている。夏休みを取っている人が多いからだろうか。

彼は小室主任に電話した。小室は豊科署にいた。

「石本が槍ヶ岳山荘に泊まったのは、七月二十一日でした」

「そうだったな」

「その日の宿泊者の中に、三富秀次という単独行の男がいました」

「偽名で泊まった男だったな。住所もでたらめだった」

「その男の宿泊カードを、山小屋から取り寄せていただけないでしょうか？」

「三富と記入した男が分かったのか？」

「そうじゃありません。石本の同僚が、彼が死亡した日をはさんで六日間、夏休みを取っていたことが、たったいま分かりました。その男は山をやっていました」

「その男が、三富と書いた人間じゃないかっていうんだな？」

「ひょっとしたらと思ったものですから」

小室は、紫門のいる喫茶店のファックス番号をきいた。紫門は、レジの女性に番号を教えてもらった。

「槍ヶ岳山荘に連絡して、君のいる喫茶店に送信させるよ」

紫門が十分ばかり佳代子と話しているところへ、レジの女性が受信したファックを持ってきた。

〔三富秀次㉟　会社員　住所　東京都江戸川区南小岩七丁目　電話番号〇三―三六五二―××××〕

登山計画は、前日、上高地、横尾を経由して槍ヶ岳山荘に到着し、次の日は、槍ヶ岳登頂後、槍沢を下って、上高地へ向かうと記入してあった。

宿泊カードに記入してある住所を、紫門は先日訪ねてみたが、やはり該当する人は住んでいなかった。

角ばった小さな字で書いてある宿泊カードの写しを、紫門は佳代子に渡した。彼女はそれを手に取ると、じっと見つめた。真剣なまなざしだった。

「見覚えのある字では？」

紫門は、彼女の表情を見ていった。

彼女は分からないというように首を傾げた。

「あなたは、星さんの字を知っていますか？」

「見たことはあると思いますが、覚えていません」

しょっちゅう見ている人の字でなくては覚えているはずがない。

「星さんの書いた物を持ち出せないでしょうか？」

「それはむずかしいことではありません。調査員は、ほとんど毎日、レポートを書きますし、それがファイルされています」

ファイルの中から星の書いたレポートを持ち出すことは可能だという。

「ついでに、長沼さんと、川端さんのもお願いしたいんですが」

彼女はうなずいて、宿泊カードの写しを返してよこし、

「もしも、このカードが星さんが書いたものだったとしたら……」

彼女は、ピンク色のハンカチを口に当てた。

この前、彼女と会っての別れぎわ、今度会ったときにはゆっくり話をしようと約束した。きょうはその約束をはたさなくてはならなかった。

佳代子は、飲食店を幾軒も知っている。今夜は代々木《よよぎ》の小料理屋だった。

駅から四、五分歩いて、緩《ゆる》い坂を下った。左側に紫色のネオンのホテルがあった。彼女が案内した店はそこの三、四軒下だった。

カウンターがよいか座敷にするかと、五十代の女性がきいた。カウンターの中にはやはり五十代に見える男が白い帽子をかぶっていた。佳代子をよく知っているらしかった。

彼女は座敷を選んだ。カウンターにいた二人連れの男が、紫門と佳代子をじろりと見ていた。

彼女はウイスキーの水割りを二杯飲むと、紫門にならって日本酒に切り替えた。彼女はこの店へきてから、石本のことも星についての話もしなかった。喫茶店にいたときとは別人のような、熱をふくんだ目で紫門を見ては盃に酒を注ぐのだった。

「きょう、電話に出た女性、わたしのことなんだと思ったでしょうね」

彼女は石津の母親のことをいった。

「べつになにもいいませんよ。あなたからの伝言を事務的に伝えてくれただけです」

「それでも女性は、どういう関係かって想像すると思います」

「そんな人じゃありません」

「紫門さんに女性から電話があったことを、同級生の方におっしゃるでしょうね」

「いわれても、どうということはありません」

「帰りが遅くなっても？」

遅くなるのを予測しているようないい方だ。

今夜も彼女は目の縁を赤く染めた。酒が入るとタバコを吸いたくなるらしく、この店にきてから四、五本吸っていた。

「ここより、スナックのほうが、よかったですね」

彼女は、自分にいっているようないい方をした。

「ぼくは、こういう店のほうが落ち着けます」

「でも、この近くで、もう一軒付き合ってね」

彼女は親しげにいい、彼の盃を満たしたあと、銚子を持ったほうの小指の爪で、彼の手の甲をくすぐるように掻《か》いた。酒が入ると大胆になるらしかった。

一時間ばかりたったろうか。

「さ、行きましょ」

彼女は、バッグの留め金を開けようとした。

紫門は先に立ちあがり、料金を払った。

カウンターには、男の客が増えていた。さっきの二人連れはまだ飲んでいて、佳代子の腰のあたりに刺すような視線を当てた。

今度の店は、ビルの地下だった。ママが三十半ばで、二人のホステスは、十代ではないかと思うほど若かった。客は三組いた。二組はカップルだった。

佳代子は、ここへもときどききているようだ。

若いホステスは、ウイスキーのボトルを置き、二人に水割りをつくると、去っていった。

「今夜は、酔いたい気分」

佳代子は、紫門にぴったりと腰を寄せた。彼女には、同僚のトップシークレットかもしれない情報を盗み出してきたという、罪の意識はまったくないようである。

「紫門さんは、酔うと、どうなるんですか?」

「ぼくは、普段とあまり変わらないような気がしますが」

「お酒飲んで、変わらないなんて、つまらないじゃない」

「でも、嫌いじゃないですから」

「わたしのことは?」

「えっ?」

「わたしのこと、嫌いですか?」

「そ、そんな……」

「そんないい方しないで、はっきりいって」

彼女は、ボトルの酒を、紫門のグラスに注ぎ足した。濃い紅茶のような色になった。

そのグラスを彼女は彼に持たせた。

「ぼくは、あなたに、感謝しています」

「なにを、感謝してるの？」

「ぼくの知りたいことに、協力してくださるからです」

「わたし、協力なんかしてないわ。石本さんが会社をやめたことも、山で遭難したことも、怪しいって紫門さんにいわれて、そういえばヘンだと思うようになったから、怪しい人のこと、さぐっているだけ。……そういう話、さっき、もうすんだでしょ。お酒飲みにきたんだから。わたし、酔いたいんだから、酔わせて、ね」

彼女は、紫門の手を握った。もう酔っているではないか。

彼女は、紫門の上着を脱がせた。

ホステスがそれを見て寄ってき、上着をあずかるといったが、彼は断わって、脇に置いた。

佳代子は、紫門の腕に小指の爪を立てて、そっと撫でた。肌が粟立《あわだ》つように感じた。

彼女はやがて、彼の腿を爪で撫でた。他の席にいる客から見られていそうだったが、彼女の目に他人は入っていないらしかった。

彼は、三也子が気になった。きょうは彼女に一度も電話していなかった。彼女は彼からの報告をじっと待っていそうな気がした。

紫門は、佳代子の水割りをつくった。

「優しいのね」

彼女はまた彼の手を握り、小指の爪を肌に這わせた。

「紫門さん、平気なの？」

「なにがですか？」

「うん。分かってるくせに」

彼女は腿を押しつけた。今度は手が背中に回った。ベルトの少し上のあたりを、尖《とが》った爪が這い回った。やがて唇が迫ってきそうでもあった。

彼女は、酒を飲み、タバコを吸いながら、この店を出たがっていた。

二組のカップルが相次いで出ていった。入れ替わるように男の客が入ってきた。

佳代子は酔ったようだ。紫門の肩に頭を傾けた。目をつむっている。もう指を動かさなくなった。夢を見ているような顔だった。

男の客は、紫門の肩に寄りかかった佳代子を見ていた。

彼は彼女の脇を抱えた。彼女は薄めを開けてほほ笑んだ。

五章　深夜の陥没《かんぼつ》

1

会社の用事で外出するから、午後二時に、地下鉄の駅で会えないかと、市川佳代子が電話をよこした。公衆電話を使っているらしく、彼女の声の背後に騒音がまじっていた。急いでいるらしい早口だった。昨夜のことは一言もいわずに、用件のみ伝えて切ってしまった。

約束の午後二時、赤坂見附《あかさかみつけ》駅のエレベーターの下で彼女と会った。

「星さんの書いた物が入っています」

蒼ざめた顔色の佳代子は、茶封筒をバッグから取り出した。

「どうでした？」

彼は、昨夜見せた「三富秀次」の筆跡と比べて、似ていると思うかときいた。

彼女は、よく見てくださいといい、六時に、ゆうべと同じ原宿の喫茶店で意見をききたいといって、足早に去っていった。彼は彼女の後ろ姿を見送った。長い髪が背中で揺れていた。ゆうべ、スナックの薄暗がりで、彼の腕や背中に爪を這わせて誘った人とは別人の感があった。

いまの彼女の蒼ざめた顔色は、昨夜の酒のせいではなさそうだった。緊張のあまり皮膚がこわばっているといった表情に見えた。

紫門は駅を出て、小さなレストランに入った。

佳代子の持ってきた封筒の中身を抜き出した。

レポートの一部らしいコピーである。「調査員」という囲みに中に「星宏介」の署名があった。

それと槍ヶ岳山荘から送られてきたファックスの写しとを見比べた。

レポートには宿泊カードと同じ文字がいくつもあった。

瞬間的に、「同じ人間の字だ」と感じた。

たとえば「富」はウ冠は大きくてバランスが取れておらず、「岩」の字は山が大きかった。この人の癖であるのが明瞭である。

紫門は興奮を覚え、店の公衆電話にテレホンカードを差し込んだ。三也子に掛けたのだ。

珍しいことに彼女は不在のようだった。

次に豊科署へ掛け、小室を呼んだ。上高地へ出掛けているといわれた。

寺内はいるかときくと、きょうは明け番で、帰宅したという。

紫門は、焼きそばを食べながら、あらためてレポートの字と宿泊カードの写しとを見比べた。ほかの文字にもいくつかの共通点があった。専門家の筆跡鑑定を待たなくても、二枚の用紙に書かれた字は同一人の手によるものと確信した。

星は、なぜ槍ヶ岳山荘に偽名で宿泊したのか。本名を記入しては都合の悪いことがあるからにちがいない。

星が泊まった七月二十一日、石本も槍ヶ岳山荘に宿泊した。二人は一緒に山へ登ったのではないのか。同僚だった二人が、たがいに単独で同じ山小屋に泊まったが、山小屋では顔を合わせなかったのだろうか。

石本のほうは、七月二十日に家を出て、その日は横尾山荘に泊まっている。これは横尾山荘の宿泊カードで確認ずみだ。

「三富秀次」が偽名だと分かった段階で、横尾山荘に照会した。二十日の宿泊者の中に「三富秀次」がいるかをである。が、その氏名の宿泊者はいなかった。横尾山荘には別の偽名を用いて泊まったことも考えられる。

紫門はノートを開いた。昨夜、佳代子が調べてきてくれた星の休暇日が記入してある。

星は七月十九日に休みはじめて、二十五日に出勤した。星が「三富」であれば、石本の山行を尾行していたことも考えられる。ならば二十日はどこに泊まったのか。石本と同じで横尾山荘に泊まったとしたら、「三富」以外の偽名を使ったということになろう。

ひょっとしたら星は、ツエルトをかついで登り、キャンプ地でない場所に露営したのではないか。

紫門は頭に、北アルプス南部の登山コースを描いた。

槍ヶ岳山荘は五つの縦走路の分岐点である。星は横尾から登る槍沢コースでなく、べつのコースをたどって、槍ヶ岳山荘に入ったことも考えられた。

もう一度、三也子に電話した。誰かに早く会いたかった。会って、星と「三富」の書いた物を見てもらいたかった。

「買い物に出ていたの」

三也子はいった。

紫門は、見せたい物があるといった。先入観を与えないために、筆跡の件といわなかった。

渋谷の喫茶店には彼女のほうが先に着いていた。

彼女は、Tシャツにジーパンだ。佳代子のように毎日の着る物にそれほど神経を使うほうではない。だが、彼女の長身はどこにいても目立った。髪は後ろで無雑作に結んでいた。彼から電話を受けて、すぐに飛び出してきたといった感じである。

紫門は黙って彼女の前に二枚の用紙を置いた。

「こちらは、槍ヶ岳山荘の宿泊カードね」

そういって二枚を見比べていたが、「同じ人が書いた物らしいわね」

といってから、星宏介の署名を見て、胸に手をやり、彼の顔に目を上げた。

「同一人の筆跡にちがいないよね」

紫門は念を押した。

「間違いないと思うわ。宿泊カードの字は少し角ばっているけど、特徴がそっくりだもの」

「小室さんにも見てもらいたかったけど、上高地へ行っていて、夕方にならないと署に戻らないといわれた」

「誰が見ても、同じ人の字だっていうわ。小室さん、これを見たら、『紫門一鬼、やったな』っていうでしょうね」

「星が、偽名で槍ヶ岳山荘に泊まった。それが石本が泊まったと同じ日だった」

「二人は、七月二十二日、槍ヶ岳山荘から一緒になって北穂へ向かったことは間違いなさそうね」

「黄色のパーカーは、星だった可能性が濃厚になった」

紫門は、星が夏休みを取った日を三也子に話した。

「星は石本よりも一日前に北アルプスに入って、石本の到着をどこかで張り込んでいたんじゃないかしら？」

「張り込んでいたんじゃなくて、二人は、槍ヶ岳山荘で会う約束をしていたことも考えられるよ」

「そうね。二人は元同僚だったし、おたがいに登山経験のあることを知っていたんだから、事前に北アルプスへ登る話をし合ってもおかしくはないわね」

「単独で登るが、槍ヶ岳山荘で会えるかもしれないといえばいいんだ。二人が一緒に登った場合、同行者ありと記入しなくてはならないが、槍ヶ岳山荘に着くまで単独なら、一人ずつが宿泊カードに記入すればいい」

「山荘への到着時刻がずれていれば、お互いに単独と申告するでしょうからね」

三也子はあらためて、星の休暇日を見て、二人は、べつべつのコースをたどって槍ヶ岳山荘に着いたのではないかといった。

「べつのコースか……」

「星は、七月十九日から夏休みを取っているわね。彼はこの日に出発したんじゃないかしら？」

「石本より一日前か」

「十九日に中房《なかぶさ》温泉に泊まり、二十日に燕《つばくろ》を経由して大天井へ向かい、大天荘《だいてんそう》に泊まる。そして二十一日に槍ヶ岳山荘に着いた……」

「なるほど。そのコースだと石本よりも一日早く出発しなくてはならないね」

「小室さんに頼んで、中房温泉と大天荘に『三富秀次』が泊まっているかどうかを調べてもらったらどうかしら」

「よし」

彼は時計を見て椅子を立った。

小室は署に戻っていた。

見てほしい物があるから、ファックスを送信するというと、

「調査は順調にいっているらしいな」

と、小室はいった。紫門の声で調査の進展を感じ取ったようだ。

紫門は、喫茶店にファックスを頼んだ。この店には三也子とたびたびきているから、店員は快く引き受けてくれた。

十五分後、ウエートレスが紫門を呼んだ。

電話は小室からだった。

「『三富秀次』のカードは、星の書いたものだ。いま刑事にも見てもらったが、同一

人の筆跡だといっている。星の書いた物がよく手に入ったな」

紫門は、市川佳代子という社員と親しくなったからだとはいわなかった。

「星という男は、いまも探偵社に勤めているのか？」

「素知らぬ顔で仕事をしているようです」

「同僚だった石本が遭難死したのに、なんの動きも見せないというあたりも怪しいな」

「赤いパーカーの石本と一緒に縦走していた黄色のパーカーの男は、間違いなく星でしょうね」

「槍ヶ岳山荘へ、なぜ偽名で泊まったのかを追及したいけど、石本が泊まっているのを知らなかったといって逃げられる恐れがある。七月二十二日に、星が黄色のパーカーを着ていたという証拠が挙がれば、しょっ引いて追及できるけどな」

小室は口惜しそうにいった。

星は七月十九日に家を出て、中房温泉と大天荘に泊まって、二十一日に槍ヶ岳山荘に着いた可能性がある。本名でか偽名でかは分からないが、証拠がためのために、二つの山小屋で宿泊を確かめておきたいと、紫門はいった。

「分かった。十九日と二十日に、星が泊まったかどうかの調査はこっちでやろう」

星が七月に山行に出ているかどうかを、自宅の近所でそっと聞き込んでおいたほうがよいと、小室はいった。証拠を積み重ねておけば、警察を動かすことが可能ということだ。

いつものことだが小室は、行動は慎重にと忠告した。

2

紫門は、星宏介の顔を盗み撮りすることを思い立った。

星が山小屋に偽名で泊まっても、彼の顔を覚えている人がいることが考えられた。写真を持っていれば後日の役に立つだろう。

それを三也子に話すと、明星探偵社の人から、星の写真が入手できるのではないかといった。

彼はどきりとした。彼女は紫門が明星探偵社のどんな社員から情報を得ているかは知らないはずだが、ゆうべも佳代子と深夜まで飲んでいたことを知ってのうえでいっているような気がした。「あなたと佳代子さんの間柄なら、彼女は危険をおかしてでも、情報を盗み出してきてくれるはず」といわれたようで、彼はすぐには返事ができなかった。

今夜も彼は、佳代子と会うことになっている。その時刻が迫ってきた。

調べることがあるからといって、彼は時計に目を落とした。三也子は、彼と一緒に夕食をしたいようだった。

約束どおり、六時に原宿の喫茶店へ彼は着いた。裸婦の絵のある壁ぎわの席で、佳代子を待った。

彼女は、白い大きめのバッグを提げて、十分ほど遅れてやってきた。昼間、地下鉄の駅で会ったときとは顔つきが変わっていた。顔色が蒼ざめてもいなかった。

「星さんと槍ヶ岳山荘の『三富』の筆跡を何人かに見てもらいましたが、同一人のものに間違いないだろうということになりました」

「紫門さんの推測が当たっていたんですね」

彼女は彼を恨むような目をした。

彼女はけさ、同僚の目を盗んで、調査員のレポートの中から星のものをさがした。それをコピーしたのだが、文字を見た瞬間、ゆうべ紫門に見せられた「三富」の宿泊カードの文字に似ていると直感した。

星は石本と同じ日に、同じ山小屋に泊まったのだ。それなのに、石本の遭難死を知っても、そのことを同僚には話していないようだった。話さなかったのは、石本の遭難にかかわったからにちがいない。紫門の疑いが現実になったのかと思うと、からだが震えはじめたといった。

「星さんが、七月二十一日に石本さんと同じ山小屋に泊まったからといって、石本さんの遭難に関係しているとはいいきれません。そこでぼくは、星さんが石本さんの遭難にかかわっていそうだという証拠を集めたい」

その調査に協力してもらえるかと、彼女にきいた。

「ここまで協力したからには、もう後には退《ひ》けません。悪いことをした人を放っておけないという気持ちもあります。わたしにできることがあったら、おっしゃってください」

彼女のまなざしは真剣だった。酒に酔って熱を帯びた瞳で彼を誘った女性のものではなかった。

「六月二十日ごろ、星さんは会社を休んでいないでしょうか?」

「それは何日間も休んだかということですか?」

「連続して休んでいる日があるかどうかを調べてみてくれませんか」

それなら前と同じように出勤簿で調べれば、すぐに分かると彼女は答えた。

「それから、会社には星さんの写真があるでしょうか?」

「さあ……」

明星探偵社では社員旅行などをしていない。社員が一緒になってのレクリエーションなどもしていない。少なくとも彼女が入社してからはその種の催事は一度もない。

そういうことをしていれば、アルバムがあるだろうが、見たことがないという。

会社に写真がないのなら、紫門は星をどこかで張り込んで、盗み撮りするしかなかった。

「六月二十日ごろ、星さんが連続して休んでいたとしたら、なにをしていたというんですか？」

「安達正裕が死んだのがそのころなんです。白骨体の鑑定では、発見の時点で約四十日経過していたそうです」

「では、もしかしたら、星さんは、安達さんの……。でも、安達さんは、遺書を書いて自殺ということでしたが？」

「それが怪しいんです。彼は、あなたが知っているように『ムービング・ハート』というロックバンドの一員でしたが。そのメンバーや、元恋人にきくと、安達は自殺するような男ではなかったそうです」

「だったら、遺書はどういうことでしょうか？」

「誰かが脅して、無理矢理書かせたんじゃないでしょうか？」

「自殺に見せかけて、じつは……」

彼女は、口から出かかった言葉を呑み込んだようだった。

今夜の彼女は、飲みに行こうとも食事しようともいわなかった。いままで見てきた彼女とは異なって、憔悴《しょうすい》したように肩を落としていた。同僚の星が石本を殺したのではないかと想像すると、遊ぶ気持ちも萎《な》えるのではなかろうか。

紫門は、解放された気になったが、一方で、これからの調査に、彼女は協力してくれるだろうかという不安が頭をもたげた。

「夕食をどうですか？」

紫門は初めて彼女を誘った。

「今夜はこれで帰ります」

彼女は軽く頭を下げた。男をたぶらかすような昨夜の彼女が信じられなかった。紫門には、どちらがほんとうの佳代子なのか分からなくなった。

「民宿」へ帰った。

「きょうはお早いこと」

石津の母親が玄関でいった。

紫門は石津からカメラを借りた。二〇〇ミリのズームレンズつきのものである。これで物陰から星宏介を撮るつもりだ。

石津と話しているところへ、小室が電話をよこした。

「君の勘が当たった」

小室はまだ署にいるのだった。

「山小屋に、星の宿泊該当がありましたか?」

「星じゃない。『三富秀次』だ。七月十九日は中房温泉、二十日は大天荘だ」

「住所はどう書いてありましたか?」

「二十一日の槍ヶ岳山荘と同じで、江戸川区南小岩だ」

小室は二つの山小屋から「三富」の宿泊カードをファックスで送らせ、それを星のレポートの筆跡に照らして見たという。

「どう見ても同一人の筆跡だ。『三富』は星だ。間違いない」

小室は断言した。

彼はこのことを刑事に話したという。

「山小屋へ偽名で宿泊したというだけでは、本人に会いに行ったり、呼びつけるわけにはいかないだろうが、検討はしてみるということだった」

「元同僚の石本が、不可解な死に方をしています。そういう登山者と同じ山小屋に偽名で泊まったのはなぜかって、きけそうな気がしますが?」

「不可解な死に方というのは、紫門の見解で、客観的でない。難所の大キレットで足を滑らせて墜落すれば、たいてい死ぬ。その石本と星が一緒に縦走していたという証拠もない。いまのところ、追及には無理があるといっている」

「そうですか。ぼくがなんとかして、星の尻尾をつかまえますよ」

紫門が電話を終えると、テーブルにビールが置いてあった。

星の顔をどこで盗み撮りするか。自宅の近くなら、彼の出勤を張り込む。だが、探偵社の調査員というのは、仕事がら家を出る時間が不規則なのではないか。会社を出ていくところを狙うとなると、佳代子の援《たす》けを借りなくてはならない。紫門は、星を一度も見ていない。だからどんな面相なのかを知らない。

佳代子にたびたび協力を頼んでいると、そのうちに彼女の行動が同僚の目につき、疑われるという危険性がある。

彼女は紫門の調査に対して、協力を惜しまないといっているが、同僚を売る行為に、自己嫌悪を感じてくるのではなかろうか。

彼女は彼と遊びたがっている。が、彼は彼女の希望に全面的に応じていない。紫門を見込みのない男とみれば、飲食を付き合うどころか、情報を提供してくれなくなるかもしれない。

佳代子は二十六歳というが、これまで何人もの男を経験してきているだろう。彼女が誘えば、それに応《こた》えなかった男はなくて、それである種の自信を持っているような気がする。

彼女は背も高いほうだし、セクシーな顔立ちだ。服装のセンスもよい。彼女のほうから誘わなくても、いい寄る男は幾人もいるのではないか。そういう男に、彼女は興味が湧かないのだろうか。

紫門に三也子がいなかったら、彼と彼女はどうなっていたか。たぶん彼は先行きを考えず、彼女と結んでいたように思われる。

彼は、額に浮きはじめた汗を、手の甲で拭った。

3

星宏介の住所は品川区《しながわ》だ。これも佳代子の情報だった。

紫門は、そこへの便を地図で確かめていた。

石津の母親が、電話だと呼んだ。石津はとうに出勤していた。

「紫門さん」

佳代子だった。彼女は息を切らしている。

「星さんが、死にました」

嗄《か》れた喉から絞り出したような声だった。

「いつ？」

「ゆうべだそうです。会社へ着いたら、警察の方がきていて、いまも社員に話をきいています」

「星さんは、どこで？」

「恵比寿《えびす》のビル工事現場ということです。けさ、工事現場の人に発見されたそうですが、ニュースでやるんじゃないでしょうか」

彼女は、夕方、いつもの原宿の喫茶店で会おうという。もし都合が悪い場合は、おたがいにその店へ電話しておくことにしようといった。

紫門は、テレビをつけた。

「なにがあったんですか？」

石津の母親は、廊下に立ってきいた。

「きょう、調べようとしていた人が、死んだということです」

「死んだ……」

彼女は、エプロンで手を拭《ぬぐ》った。

約十分後、星宏介の死亡を伝えるニュースが映された。

けさ、七時五十分ごろ、渋谷区恵比寿のビル工事現場の地下部分に、男の人が倒れているのを、現場作業員が発見して、一一〇番通報した。所轄署が検《しら》べたところ、男はすでに死亡していた。持っていた身分証明書から、港区南青山の明星探偵社社員、星宏介（三十六歳）らしいということになり、関係者に連絡し、本人であることが確認された。星の住所は、品川区西五反田《にしごたんだ》。

同人は、地上から約十二メートル下の基礎工事中の地下部分に転落し、頭部を強打したもようだが、工事現場には鉄の柵がしてあり、部外者は立入り禁止になっている。同人は工事関係者の出入り口から昨夜侵入し、過って転落したものとみられているが、現場とは無関係の者が、夜間なんの目的で入ったかの点に疑問があるため、警察では詳しく調べることにしている、という内容だった。


豊科署の寺内から電話があった。

彼も、テレビのニュースで星の死亡を知ったという。

「事故だと思いますか？」

寺内はきいた。

「いま、それを考えていたところだよ」

「星は、消されたんじゃないでしょうか？」

「星はやっぱり、石本の遭難に関係していたのかな？」

「紫門さんが、星のことを調べているのを、誰かが知ったんじゃないでしょうか？」

「それは知られていないはずだ。ぼくはまだ彼のことを調べていない。三カ所の山小屋に『三富秀次』の名で泊まった男が、星と同一人らしいということがようやく分かった段階だ。じつはきょう、彼の写真を撮りに行こうとしていたところへ、ある人から星が死んだことを知らされた。だから、ぼくの調査は、星にも、彼の周辺にいる人間にも知られていなかったと思う」

「星の死亡を連絡してきたのは、どういう人ですか？」

「星の同僚だ」

「その人は、紫門さんが星の身辺を調べようとしていることを、知っていたんですね？」

「調査に協力してくれている人だからね」

「その人は、紫門さんの動きを察知していたわけですね？」

「ある程度は」

「気をつけてくださいよ。その人にも」

佳代子に注意しろということだ。

彼女はたしかに紫門の行動と、調査がどのへんまで進んでいるのかを知っている。星が山小屋に「三富」という名で泊まり、槍ヶ岳山荘から石本と一緒に大キレットを縦走したのではないかという疑いが現実味を帯びてきた。彼女は、紫門の調査を阻止しようとしたのか、星が石本の遭難にかかわった事実を彼女は知られたくなかったのか。じつは、彼女が、石本の遭難に関係していたのだろうか。

紫門は、佳代子のセクシーな顔や、肌に爪を這わせた感触を思い出した。

彼女は、彼の調査に協力しているかに見せかけ、じつは彼の行動を監視していたのだろうか。彼女は味方でなくて、敵側の人間だったのか。彼の心を色気で迷わそうとしたのには、調査を妨害する魂胆《こんたん》があったのだろうか。

紫門は、星が死亡した場所へ行ってみることにした。

そこは目黒《めぐろ》区境に近いが、近年ニュータウン化した「恵比寿ガーデンプレイス」とは、山手《やまのて》線をへだてて反対側だった。高層ビルの建設現場は高い鉄板で囲われていた。囲いの鉄板には花と樹木と、そこに集まる小動物が描かれていた。

パトカーが二台とまっていた。白ヘルの制服警官が炎天の下に立っていた。

警官の後ろに白い扉があった。そこが現場関係者の出入り口のようだ。資材運搬用の出入り口は広くて、地面に鉄板が敷いてある。

警官がいたりパトカーがあるということは、まだ現場検証が行なわれているのだろう。

星は、担当していた調査のために工事現場内に入ったのだろうか。夜間はどの扉も施錠され、警備員でもないかぎり立ち入ることはできないはずである。

星は、この鉄板の囲いの中へ、一人で入ったのか。何人かと一緒に入って、地下部分に転落したのだとしたら、傍らにいた人はすぐに一一九番通報したはずだ。

紫門は、石本が巨大な黒い岩の積み重なりから転落する瞬間を想像した。赤いパーカーを着た石本は、まるで人形が投げ捨てられたように、両手足を宙に広げて深い霧の中に消えていった。やがて濡れた岩のあいだから黄色のパーカーの男が首を伸ばし、周囲を警戒するように後方に首を回し、岩に手を掛けて登っていく。

黄色のパーカーの男は、最寄りの北穂高小屋に立ち寄らず、暗がりにまぎれて穂高から消えてしまった——

これと星の場合は似ていたのではなかろうか。彼の近くには黒い影が立っていた。彼が十数メートル下のコンクリートの上に転落し、そのまま動かないのを見届けると、黒い影はその場からすっと消えたのではないか。あるいは、地下部分の底への仮設階段を下り、星の死亡を確かめてから立ち去ったようにも思われる。

「星さんは、かなりお酒を飲んでいたということです」

午後六時、約束どおり、原宿の喫茶店に現われた佳代子はいった。

彼女は同僚の死を悼《いた》むように、黒い薄地のブラウスだった。

上司から星の解剖結果をきいたのだという。

「星さんは、酒が強いほうでしたか？」

「好きで、よく飲んでいました。ほとんどウイスキーでした」

「あなたは、彼と一緒に飲んだことがありますか？」

「何人かの同僚と一緒ですが」

「星さんは酔うと、人が変わりましたか？」

「声が大きくなって、朗《ほが》らかになりました。歌もよくうたいました」

「どこにいるのか分からなくなるほど酔ったことがあるでしょうか？」

「わたしは見たことがありませんが、何軒もハシゴして歩くことがあるということでした」

「酒に酔って、失敗したという話をきいたことは？」

「一度、調査に使っているポケットノートを失くしたことがあります。それには調べている人とか会社の内容が書いてありました。それを拾った人がヤクザに渡し、星さんは呼び出されました」

ヤクザに取り囲まれ、ノートを買い取れ、そうでなければ被調査人に調べた内容をバラすし、ノートを買ってくれる人に売るがよいか、と脅されたという。

「どう始末しましたか？」

「うちの社長が出ていって、ノートを買い戻しました。そのとき星さんは、給料を減らされました」

「星さんは、金使いが荒い人でしたか？」

「よくお酒を飲みましたから、始末屋とはいえなかったでしょうね」

星には調査能力があり、それを社長は買っていて、社内では特別優遇されていたという。

「彼はゆうべ、何時ごろ死亡したんですか？」

「解剖の結果では、午前零時ごろということです」

「誰と飲んでいたのか、分かっていますか？」

「社内の人とではないようです」

どこで誰と飲んだのかは不明という。

紫門は、星は事故で死んだと思うかと、彼女を観察しながらきいた。

「分かりません。警察は、深夜になぜ工事現場に入ったのかと、不審を抱いているようです」

「あのビル建設現場は、探偵社の調査対象ではなかったんですね？」

「関係ありません。わたしはそうきいています」

佳代子は、アイスコーヒーをストローで吸い上げ、タバコに火をつけた。白いストローについた口紅をティッシュで拭った。

4

石本が山で死んだその前夜、石本が泊まった山小屋に星が偽名を用いて泊まったらしい。このことからして、二人は縦走路を一緒に渉《わた》っていた可能性が大である。

石本は、墜落現場と当時の天候から、山岳遭難として処理された。

今度は星が、深夜に無関係な工事現場に立ち入って転落死した。

二人はかつて、ひとつの調査を担当した。その件の被調査人でもあった安達正裕が、山中で死亡していた。

その調査が明星探偵社によって始められたのは六月三日で、十二日に終了した。安達の所在は不明だったが、病院の現金を持ち出した花井汐音の所在が摑めたからだった。

調査が終了して数日後、石本は退職を願い出、六月末日で探偵社をやめた。

安達は、汐音が運んできた現金を持って行方をくらました。たぶん海外へ逃亡したのではないかと想像されていたが、七月三十日、北アルプス・蝶ヶ岳の東で白骨体となって発見された。

検死の結果、六月二十日ごろの死亡と推定された。

「調査をしたほうは四人だが、そのうちの二人が死に、調査をされた二人のうちの一人が死んだ。二人は事故のようだが、不審な点がある。一人は自殺にみえるが、その動機が曖昧だし、自殺するような人間でなかった……」

紫門はつぶやいた。

佳代子は、蒼い顔になって、テーブルの一点に目を据えている。

「星さんが、六月二十日ごろ、連続して休んでいないかを調べていただくようお願いしましたが？」

「調べました。そのころ休んではいません」

彼女もなにか考えているようで、顔を動かさずに答えた。

「ぼくが、星さんのことを調べようとしていた矢先に彼が死んだ。これは偶然でしょうか？」

彼は、佳代子の表情を見つめてきいた。

「紫門さんの調査とは関係がないと思います」

「ぼくが、石本さんの遭難に疑問を抱いて調べていることを、知っている人はいるでしょうね？」

「うちの会社にですか？」

「ええ」

「紫門さんが最初にうちの社にお見えになったときは、庶務課長が応対しましたね？」

「そうでした。事務的なことしか伺えませんでしたが」

「庶務課長は、どなたに対しても同じです。わたしたちからみたら頼りにならない上司なんです。ですから深刻なことが起こっても相談はしません。星さんのことについては、警察の方からいろいろときかれたようですが、紫門さんになにをきかれたのか、どう答えたのかも話していません」

要するに、紫門が石本のことをききにきたのを忘れてしまっているようだという。

紫門にとっては、忘れてくれたほうが好都合である。

「紫門さんはこの前、例の調査が原因で、石本さんは退職したのではとおっしゃいましたね？」

例の調査とは、汐音と安達の所在を突きとめる調査を指している。

「いまもそう思っています」

「石本さんと星さんが死んだことと、あの調査は関係があるんでしょうか？」

「ぼくはあると信じています」

彼女は、紫門を顔をちらりと見てから、白いバッグの留め金をまさぐった。先の細いきれいな指である。その長い指の爪で、彼女は彼の肌をくすぐったものだ。

今夜はさすがにその気になれないらしく、頬は強張《こわば》ったままだった。

紫門は、石本や星とともに例の調査を担当した、長沼と川端のようすを、そっと観察してくれないかと頼んだ。

「紫門さんは、星さんが誰かに工事現場へ突き落とされたのではと、みていらっしゃるんですね？」

彼女は目尻に変化を見せた。

「あるいはと思っています」

「そのことに、長沼さんと川端さんが関係していると？」

「二人は、例の調査を担当した人たちですから」

「これから二人を注意して見ることにしますが、わたしは関係がないと思います」

その理由は、二人はきわめて真面目な社員だからという。

「わたしは、花井病院の人も怪しいと思います」

彼女の目には、長沼と川端は無関係と映っているようだ。

「ぼくの調査では疑わしい人がいましたが、決定的な証拠は摑めません。あなたは、どんな点から花井病院の人が怪しいと思いますか？」

「石本さんの話でしたが、あの病院は院長のワンマン経営ですし、経理内容はかなり杜撰ということです」

そうだろう。多額の現金が事務局に置かれていた点からもそれは想像できる。そのことを院長の娘の汐音は知っていたものにちがいない。彼女は恋人である安達の役に立ちたくて、たびたび事務局に出入りし、職員のスキを窺っていたのではないか。

紫門は、長沼と川端の住居付近で、最近の生活状態を聞き込むことにした。

星の生活も知りたかったが、彼の変死によって警察が周辺の聞き込みをしていそうだ。

長沼の住所は埼玉県草加《そうか》市の団地だった。同じような造りのマンションがずらりと並んでいた。賃貸住宅だった。

彼は妻と二人暮らしで、妻も勤めに出ていた。別棟に彼の両親と妹が住んでいることが分かった。

隣室の入居者も彼の勤務先を知らなかった。知っていることといえば、長沼の帰宅時間が一定していないということぐらいだった。最近の生活状態に特に変化はみられないという。

長沼は登山をするかときいた。が、それも知られていなかった。

別棟に住む父も妹も勤めていた。この家族の生活で最近変わったところといったら、妹が車を買ったぐらいなものという。

双方の仲は円満らしく、しょっちゅう行き来していることが知られていた。

川端の住所は杉並《すぎなみ》区のマンションだった。彼は独身だ。休日のたびに恋人らしい若い女性がやってきて、掃除や洗濯をしていることが、家主にも隣室の人にも知られていた。

彼も登山をやるかどうかは分からなかった。最近の生活に変わった点はないということで、手応えのある情報は拾えなかった。家主は川端を、真面目そうなおとなしい青年だといった。

紫門は、公園の木陰にあるベンチに腰掛けた。鳩が埃《ほこり》を立てて舞い上がった。その羽音がなお暑さを誘った。

ノートを出して、今日までの調査を振り返った。

メモを読んでいるうち、ひとつの疑問が浮かんだ。

明星探偵社は、花井病院院長からの依頼で、汐音の所在を調べた。これには、星、石本、長沼、川端の四人が当たった。

約十日間の調査で、彼女が潜んでいる場所を突きとめ、院長宅へ連絡を入れたということだった。

探偵社の調査員が囲んでいる葛飾区のマンションへ、汐音の母親と院長秘書が駆けつけた。

汐音は安達と一緒にいると思われていたが、古いマンションの部屋にいたのは彼女だけだった。安達は、彼女が持ち出してきた現金を持っていったきり帰ってこないといった。

そもそも汐音は、安達の役に立とうとして病院から金を持ち出したのである。だから彼女には、安達に金を横取りされたという意識は薄かったのではないか。

母親は、「安達にだまされたのだ。彼は現金を持って海外にでも逃亡したにちがいない」といって、汐音を説得し、自宅へ連れ帰ったということだった。

探偵社の調査はそこで打ち切られた。安達の行き先まで追跡しなくてよいというのだった。

安達は、現金を持って海外へ逃亡したのではなかった。「ムービング・ハート」というロックバンドのメンバーにも所在を教えず、どこかに潜んでいた。が、彼は、「友だちに現金を奪われ、汐音に顔向けできない」という内容の遺書を持って自殺した。

この自殺を、紫門は臭いとにらんだ。

汐音が四千万円を病院から持ち出し、それを安達に与えたことを知っている人間が、彼の所在を突きとめたのではないか。安達を許せないという正義感からではないように思われる。彼の所在を突きとめた人間に脅されて、彼は遺書を書かされ、山に連れ込まれて殺されたのではないかと推測している。

遺書にあるとおり、彼の友人が現金を奪ったことも考えられるが、それが誰かは不明だ。

とにかく現金を奪った人間は、安達が四千万円を持っていることを知っているやつだ。

知っている人間は何人もいる。探偵社の社長と四人の調査員、それから病院の何人かの職員だ。

どこに消えたか分からない人間の所在をさがし当てる知識や技術を持っているのは、探偵社の調査員だ。病院の職員で調査のノウハウを持っている者は少ないだろう。

やはり調査員が臭い。だが、調査員はどういう方法で、汐音すらも知らない安達の居所を、さがし当てたのか。

これがいまの紫門には、不思議でならない。

彼は、花井病院の沖今日子に会うことにした。

5

服装はその人の人柄を表しているものだ。今日子は、飾り気のない白いシャツを着、高価とは思えないバッグを持っていた。たびたび会っている佳代子と比べたら、質素な装いである。

「きのうの夕刊を見て、びっくりしました」

彼女は、喫茶店の椅子にすわるとすぐにいった。

明星探偵社の調査員が、ビル工事の現場で遺体で発見されたからだった。

「死んでいた星という調査員は、汐音さんの行方を調べていた人です」

「えっ、お嬢さんの……」

彼女は、瞳がこぼれ落ちそうな表情をした。まるで中学生のような驚き方だ。

彼女ははこぼれてきたアイスコーヒーを、動悸《どうき》を鎮めるように飲んだ。

「沖さんは、花井院長のお宅へ行かれることがありますね？」

彼女はグラスを静かに置くと、それをなぜ知っているのかときいた。

紫門は花井家を見に行ったとき、彼女と上司らしい男が同家に入っていくのを見掛けたのだった。それをいうと、

「そうだったんですか」

とわずかに目を和《なご》ませ、院長宅へは夫人に頼まれた用事でたびたび行くと答えた。

「汐音さんは、お宅にいそうですか？」

「いらっしゃらないと思います」

「それが分かるんですね？」

「お嬢さんはよくバイオリンを弾いたり、クラシックを聴いていらっしゃいます。それが、お庭や玄関にきこえます。奥さまもクラシックがお好きですが、お嬢さんのお好きな曲とは違います」

「どこへ行っているんでしょうね？」

「別荘ではないでしょうか」

花井家の別荘は、伊豆の伊東《いとう》と信州の蓼科《たてしな》にある。伊東のほうへは、院長の息子夫婦がよく行っているし、汐音は蓼科のほうを気に入っているらしい。

安達が死亡したことが分かったから、両親は彼女を解放したのではないか。

両方の別荘には管理人の老夫婦が住んでいるから、汐音をある程度監視できるだろう。

蓼科の別荘の所在地を知っているかを今日子にきくと、アドレスを正確には覚えていないが、所在地は分かるといった。彼女は別荘で休暇を過ごしている院長や夫人に会いに、何回か訪ねているという。

紫門はノートを破って、別荘の地理を描いてくれといった。

今日子は背を丸くして、小さな用紙に地図を丁寧に描いた。

正確でかたちのととのった字だった。きれいな字を書くだけでなく、彼女は事務能力もありそうだ。それを院長夫妻に見込まれているし、地味な人柄も気に入られ、信頼されているのではなかろうか。

花井家の別荘は旅館群の南側で、蓼科湖の近くだった。西側がゴルフ場で、東側にはホテルがある。

「紫門さんは蓼科をよくご存じなんですね」

「八ヶ岳《やつがたけ》に登ったついでに、このへんを何度も歩いたものです」

「別荘から、赤岳《あかだけ》や横岳《よこだけ》や硫黄岳《いおうだけ》がよく見えます」

彼女は、山脈を眺めるような目をした。

別荘に汐音がいるかどうかは、ガレージに入っている車で分かるといった。それは黄色のMGだという。

紫門は、花井病院職員の宮城と木下の最近のようすをきいた。二人には特に変わった点は認められないということだった。

「あなたが勤めている病院のことを、悪くいうようで気が引けますが、経理面が多少杜撰だという評判を耳にしましたが」

彼は遠慮がちにきいた。

「それはわたしも感じています。二年ぐらい前に税務調査を受けたこともあります。院長は医師というよりも、事業家といったほうが当たっていますから。でも、優遇するという条件で、腕のいい医師を入れています。その点では患者さんの評判はよいはずです」

彼女は勤務先の内情を冷静に判断しているようだった。

紫門は、早朝の特急で茅野《ちの》へ向かった。バスで蓼科高原を訪ねた。山岳救助隊員になって初めてだった。

別荘地に着いた。空は澄みきっていて、暑かった。東側に八ヶ岳連峰が峰がしらを並べていた。赤岳と硫黄岳の尖った山頂が天を衝いている。赤や青や黄のデイパックを背負ったハイカーが、澄んだ流れに沿って歩いていた。

ゴルフ場の脇の道を、きのう今日子に描いてもらった地図を頼りに別荘をさがした。カラマツとシラカバの疎林《そりん》の中に、「花井」と書かれた木の札を見つけた。それには矢印がついていた。車が一台やっと通れるぐらいの道の行きどまりに、丸太造りの建物があった。付近の別荘とは比べものにならないぐらい大きかった。

地上がガレージになっていて、左右に階段がついている。レストランといってもとおりそうな造りである。

今日子に教えられた黄色のMGは見えなかった。音楽も鳴っていず、人気《ひとけ》もなくて、静まり返っている。林の中に動くのは鳥影だけだ。

汐音はここへきていないのか。

別荘には管理人の老夫婦がいるということだった。その人たちの目に紫門がうさんくさい男と映ったら、汐音がいたとしても会えないかもしれない。

彼は疎林の中の道を引き返した。

歩いているうちに思いついた。もしかしたら汐音は、退屈をまぎらすために、ゴルフをやっているか、ホテルのラウンジにいるのではないか。あるいはこの近くの別荘に滞在している人と親しくなって、テニスに興じていることも考えられる。近くにはニジマスの釣り堀もある。

彼はホテルへ行った。三角屋根で窓枠は白だった。駐車場には二十台ぐらい車が入っていた。その中に黄色の車はなかった。

ゴルフ場に通じる並木の道を入った。黒っぽい木造のハウスが見えた。その前が駐車場になっている。一段高くなったハウスの前に立って、駐車場を見下ろした。入口に近いところに黄色の車が見えた。小型車だった。ほかには同じような色の車はなかった。

その車はMGだった。フロントで花井汐音は何時ごろホールアウトするかときいた。

「花井さまは練習場にいらっしゃいます」

と、女性のフロント係は答えた。

一〇〇メートルほどのところに練習場があった。

緑色のネットの囲いの中で、ボールを打っているのは三人しかいなかった。女性は一人だ。彼女は華奢《きゃしゃ》なからだを白いシャツとピンクのスカートに包んでいた。長い髪を後ろで束ねている。ボールを打つたびに髪が背中で踊った。

紫門は、ベンチに腰掛けて彼女を見ていた。彼はゴルフはやらないが、彼女があまりうまくないことは分かった。

彼女はタオルで汗を拭き、ジュースを飲んだ。白いシャツの背中が汗で濡れている。

彼女は緑色の駕籠を空にした。小型のバッグにクラブを差し込んだ。

「花井汐音さんですね？」

彼は声を掛けた。

彼女は返事をせず、彼の顔を見上げた。小さめの顔に汗が条《すじ》を引いている。

話をききたいといって、彼は名刺を渡した。

「山岳救助隊の方……」

彼女はシャツの胸ポケットに名刺をしまった。

二人は木陰の芝の上に腰を下ろした。

汗がひかないらしく、汐音は首筋にタオルを当てた。

石本重和という名に記憶があるかと、彼はきいた。知らないという。

紫門は、大キレットでの遭難を話した。

彼女は、なぜそんなことを話しにきたのかという顔である。

「石本さんは、明星探偵社の調査員でした」

彼がいうと、彼女は彼のほうに首を回した。

「星宏介という人が、恵比寿の工事現場に落ちて亡くなったのを、ご存じですか？」

「テレビで観ました」

「あなたの所在調査を担当したのが星さんだったことは、ご存じでしたか？」

「知っています」

彼女は、臆するふうもなく答えた。

「石本さんもその一人だったんです」

紫門は、石本の遭難のしかたに疑問を持って調べていたら、星が死んだのだと話した。

「わたしをさがしていた人が、二人亡くなった……」

彼女はつぶやいて、遠くに目をやった。

打ち下ろしのホールをゴルファーが下っている。そのあとを、キャディーがカートを曳《ひ》いて追っている。キャディーは黄色のユニホームだった。べつのホールにいるキャディーが小さく見えた。緑の世界に黄色は目立っていた。

「安達さんもなくなりましたね」

彼はそういって、彼女の横顔を見つめた。

彼女は小さくうなずいた。

「花井さんは、安達さんの自殺を信じますか？」

「わたし宛の遺書がありましたから……」

信じているということらしい。

「お金を、友だちに奪われたことについては？」

「それも、書いてありましたから」

彼女は、ダウンスロープを下るゴルファーを眺めていた。

「肝腎なことをひとつ伺います。花井さんがおいでになった葛飾区のマンションを見つけたのは、明星探偵社の調査員ですが、そこへ最初に入ってきたのは、誰ですか？」

「星さんです。するとドアにノックがあったので、彼、あ、安達さんだと思って、ドアを開けました。すると身分証明書と名刺を星さんが出しました」

「星さんは、一人で入ったんですか？」

「最初は一人でした。わたしと話したあと、星さんは部屋を出ていって、もう一人を呼んできました」

あとから入ってきた男の名を知らないという。

「星さんは、あなたになにかききましたか？」

「安達さんはいないのかとききました」

「それから？」

「どこへ行ったか知っているかときかれました」

「あなたは、なんて答えましたか？」

「分からないといいました」

「星さんたちが、そのマンションへ現われたのは、安達さんが出ていって、何日後でしたか？」

「彼は二晩帰りませんでした」

「その間、安達さんから連絡は？」

「帰れないという電話がありました」

「あなたは、安達さんがどこへ行ったのかを、ご存じだったんじゃありませんか？」

「正確には知りません。でも、電話を掛けているところは分かっていました」

「どこでしたか？」

「北千住《きたせんじゅ》のスナックです」

彼女はそのスナックの名を覚えていた。「モッズ」という店で、安達に連れられて一度行ったことがあったという。

「安達さんがその店から電話を掛けてよこしたことを、星さんに話しましたか？」

「彼の行き先を知らないはずがないと恐い顔でいわれたものですから」

教えたのだという。

「スナックの名を教えたのは、星さんにだけですか？」

「ほかは誰にもいっていません」

「星さんは、安達さんがどこにいたかを調べたと思いますか?」

彼女は、分からないというように首を傾げた。

汐音は二十二歳だが、とてもその歳には見えず、高校生のようなしぐさをすることがあった。

黄色のユニホームのキャディーが、また坂を下っていた。葉を広げた木の陰に隠れたが、すぐに姿を現わし、赤い小旗の揺れるグリーンのほうに進んでいった。

6

スナック「モッズ」は、北千住駅からわりに近く、焼き鳥屋やラーメン屋の並ぶ路地だった。路面は湿りけを帯びている。

髪を黄色に染めた若い女性が、「いらっしゃいませ」と高い声でいった。古いジャズの曲が流れていた。

客は一人もいなかった。午後七時前だから酒場はこれからだろう。

カウンターの中から黒いブラウスを着た三十半ばに見える女性が立ち上がり、紫門の素性を確かめるような顔をした。

彼はカウンターにとまった。

「いらっしゃいませ」

カウンターの中の女性は、男のような太い声だった。タバコをあわてて消したらしく、灰皿から煙が立ちのぼっていた。

紫門はビールを頼んでから、ママか、ときいた。

「はい」

彼女は警戒するような目になった。

安達正裕がこの店へよくきていたらしいがときいて、彼は名刺を出した。

ママも小型の名刺を出した。

「知子《ともこ》です」

彼女は、紫門の顔をじっと見たままいった。

この店にふりの客はめったにこないらしい。見知らぬ男がきて、安達を知っていそうなことをいったから、その目は何者かをさぐっているようだ。

「ぼくは、安達さんの遺体を収容しました」

彼がいうと、黄色の髪の子が知子に並んだ。二人とも光ったイヤリングをつけていた。

安達が、どこでどのような死に方をしていたかは、新聞で知っているという。

紫門は、安達の自殺に疑問を持って調べているのだが、ここで話をきくのがまずければ、外へ出るがどうかというと、知子は、かまわないと答えた。

「安達さんがうちの店へいらしていたこと、どなたからおききになったんですか？」

知子の顔が少し和んだ。

「彼の友だちからききました」

安達の友だちとは、誰のことだろうというふうに、知子はまた、さぐる目つきになった。

彼女たちに興味を持たせるため、紫門は安達が遺体で発見された現場と、彼の服装などを話した。黄色の髪の子は、鼻に皺をつくった。

「どんなところが、おかしいのですか？」

知子は、紫門の話に釣り込まれたようだ。

「遺書を持っていましたが、自殺の動機が曖昧なんです」

「どんな内容だったんですか？」

「ある人に詫びていました」

「詫びて……」

「恋人に対してです」

「恋人……」

知子と若い子は、顔を見合わせた。二人の顔は、安達の恋人とは誰か、といっている。きのう汐音は、このスナックへ、安達に連れられてきたことがあるといっていたが、彼は彼女を恋人とは紹介しなかったのか。

「あなた方は、安達さんの人柄をよくご存じですね？」

「よくというほどではありませんが、三年間ぐらい飲みにきてくれましたから」

「彼が遺書を書いて、自殺すると思いますか？」

「新聞で読んだとき、わたしもびっくりしました。人は見掛けによらないものだと思いました」

「彼の知り合いも、同じことをいっています。自殺なんて信じられないという人ばかりです」

二人は、同感だというふうに顎を動かした。イヤリングが揺れた。

「安達さんは、この近くにいたそうですね？」

紫門はヤマを張った。彼はビールを追加して、二人に勧めた。客のよりも小振りのグラスが二つ並んだ。

「安達さんは、マンションでも借りていたんですか？」

「知りません」

知子の顔から、紫門に対する警戒色が消えていた。安達はこの近くにいたはずだがと、彼はもう一度いった。知子はしばらく考え顔をしていたが、安達が最後にきたとき、ビジネスホテルのマッチを置き忘れていったという。それはどこだったか覚えているかときくと、駅の反対側にあるホテルだったと思うと、首を傾げながら答えた。

「六月半ばだと思いますが、安達さんのことをききにきた人がいるはずですが？」

知子は、頰に指を当て、眉間をせまくした。

六月半ばごろ、安達とここで待ち合わせしたという男たちがきたことはあるといった。

「安達さんとこちらで、会ったんですね？」

「待ち合わせしたということでしたが、安達さんはきませんでした」

「こなかった。……男たちとは何人ですか？」

「三人でした」

「ママの知っている人たちでしたか？」

「いいえ」

「何歳ぐらいの人たちでしたか？」

「四十を少し出たぐらいの人と、三十代半ばの人が二人です」

一人は、星宏介ではなかったか。彼は三十六歳だ。あとの二人は、汐音の所在調査をした長沼と川端か。いや、彼らとは年齢が合わない。長沼は三十二で川端は三十である。

花井病院の宮城は四十二、木下は三十七だ。知子のいう男たちの年齢に合致している。

星は、花井病院の二人と手を組んで、安達の行方をさがしていたのだろうか。

三人の男たちの体格と人相を覚えているかと、紫門がきいたところへ、客が二人入ってきた。

黄髪の子が笑顔をつくって、カウンターを出ていった。客は常連のようだ。

二人の客は、奥のボックスにすわった。

「いちばん年嵩《としかさ》の人はメガネをして、高そうなスーツを着ていました。三十代半ばの一人は、角ばった顔で、わりに背が高くて、その人が、安達さんとここで待ち合わせしたといいました」

もう一人の男は、がっしりした体軀《たいく》で陽焼けしてか黒い顔をしていたという。

三人はどんな関係に見えたかと、紫門はきいた。

角ばった顔の男が主導権を握っているようで、年嵩はその男に遠慮があるようだった。陽焼けした男は、気弱そうな感じだったという。

角ばった顔の男は、知子に安達のことをいろいろきいた。質問のしかたがうまく、それにつられて彼女はつい喋ってしまったという。

角ばった顔の男は、星ではないか。その男たちは知子から安達のことをきいたあと、三十分ばかり飲んでから出ていったという。

「彼らにも、安達さんが置き忘れたマッチのことを話しましたか？」

「話したようが気がします……」

「三人は、名前を呼び合っていなかったですか？」

「覚えていません」

「三人は、なにを飲みましたか？」

「水割りです」

値の高いウイスキーのボトルを入れてくれたという。

「ボトルを入れた……」

「ええ。安達さんとまたくるからとおっしゃって」

「なんという名でボトルを？」

知子は背後の棚を振り向いた。背を伸ばしてゴツゴツしたびんを摑んだ。

「富沢《とみざわ》さんとなっています」

富沢――。紫門は額に手を当てた。

ボトルのタッグには、知子が名を書いたという。

三人の男は、スナックのママの気をよくさせるために高級な酒を頼んだのではないか。安達とくるといえば、安心して喋ると踏んだようだ。角ばった顔の男は、人に話をきくのがうまかったという。

三人は、知子の話からヒントを得て、安達が泊まっていると思われるビジネスホテルを訪ねたのではなかろうか。そのホテルへ電話すれば安達に警戒され、逃げ出されると読めば、予告なく訪ねて呼び出しただろう。

カウンターで電話が鳴った。知子は腕を伸ばした。

「あら、しばらく」

明るい声になって笑った。

紫門は彼女の目を盗んで、「富沢」のボトルに吊り下がっているタッグを読んだ。名の前に「6／13」と書いてあった。ボトルを入れた日付にちがいなかった。

紫門は、駅の反対側に出て、ビジネスホテルをさがした。白いタイルを貼った新しそうなホテルが見つかった。

ほかにビジネスホテルは見当たらなかった。ここに安達は潜伏していたのだろう。

汐音がはこんできた四千万円入りの黒いバッグを、傍らに置き、どこへ逃げたものかを考えていたのではないか。

星たち調査員が、汐音のいる葛飾区のマンションを突きとめたのが六月十二日だった。

最初に一人で部屋へ入った星は、汐音に向かって、「安達はどこだ」ときいたようだ。

汐音は、彼の顔をみて縮み上がった。きかれるままに「モッズ」というスナックから連絡をよこしたと答えた。

星は、次の日の夜、二人の男を連れて、「モッズ」を訪ね、安達の滞在先と思われるホテルをきき出した。

彼らはただちにその夜のうちに安達に会いに行ったような気がする。

三人の男たちが、思いどおりに、安達をつかまえることができたかどうかは不明だ。

紫門は佳代子に、六月中旬、星が会社を連続して休んだかどうかをきいた。が、そのころ土、日以外は休んでいないということだった。

星が首謀者になって、安達をホテルから連れ出し、脅して遺書を書かせ、山へ連れていって殺害したとしよう。安達が遺体で発見された場所と東京を、一夜のうちに往復することは可能である。

だが、会社を退《ひ》けてから安達を車に乗せて、長野県の堀金村まで行って、蝶ヶ岳新道を登らせ、殺害したとしたら、撲《なぐ》るか、刃物で刺すか、首を絞めるかの暴行を加えて息の根をとめないかぎり、その夜のうちに東京へ帰ってくるのは無理だったろう。

暴行を加えて殺害したとしたら、遺体が白骨化していても、その痕跡は残っていたと思われる。

警察が安達の遺体を検査し、遺書を読み、自殺と断定したということは、他殺を疑う痕跡がなかったとみてよいだろう。

「モッズ」へ二人の男と一緒に現われ、安達と待ち合わせを約束しているといった男は星のようだが、彼は安達の死亡にはかかわっていなかったのか。

佳代子の調べでは、星とともに汐音の所在を調べた長沼も川端も、六月中旬は連続して休んでいないという。

するとやはり怪しいのは、花井病院職員の宮城と木下だ。宮城は、六月十四日から四日間、休暇を取っていた。しかも登山に出掛けていたらしく、ザックを背負って帰ってきた姿を付近の人が目撃している。

木下は、六月十三日から五日間休んだ。病気ということだったが、その間、彼は自宅にいなかったと、別居中の妻が語っている。自宅に電話を掛けたが応答がなかったというのだ。

それと、「モッズ」に現われた三人の年齢に星、宮城、木下を当てはめてみると、ほぼ合致している。

7

「民宿」に帰った紫門は、佳代子の自宅に電話した。彼女のことだから、原宿か代々木あたりで飲み食いしているのだろうと思った。相手は男ではないかと想像すると、妙なもので、嫉妬に似た感情が胸を衝《つ》くのだった。

「紫門さん」

彼女は帰宅していた。親しみのこもる声で呼び掛けた。酒気は帯びていないようだ。

「星さんは、どんな顔で、体格はどんなでしたか？」

「角ばって、顎が張っています。身長は一七七、八センチだと思います。肩幅が広くて、がっちりしていました」

「モッズ」のママがいった男にそっくりだ。

星の性格は、積極的で強引だという。星は調査能力があって、社長には高く買われていたということだった。話し方が巧みで、聞き込みもうまいのではないか。

星の死亡に関する新しい情報はあるかときいたところ、きのうもきょうも、警察官はこなかったという。

「事故死ということになるんじゃないでしょうか」

自宅にいるせいか、佳代子は声を潜めているようだった。

星が事故死ということになったら、紫門だけが死亡原因を疑って、ただ飛び回っているようではないか。

佳代子は紫門に、その後なにか分かったかときかなかった。

ひょっとしたら、彼のために星のレポートをコピーしたり、調査員の出勤状況を調べたことを、上司か同僚に知られてしまったのではないか。そうだとしたら、これからの紫門は彼女に情報をもらえなくなりそうだ。

彼は次に、花井病院職員の沖今日子の自宅へ掛けた。

受話器を取った母親に紫門という者だがと告げると、なにを勘違いしてか、

「いつもお世話になっております」

といって、今日子を呼んだ。

「汐音さんは、あなたの想像どおり、蓼科の別荘にいました」

「お会いになれたんですね？」

今日子は、佳代子と違って淡々ときいた。

「ゴルフ場で練習しているところを、お邪魔して」

「お嬢さんは、元気そうでしたか？」

「顔色もよく、健康そうに見えました」

紫門は、宮城と木下の人相と体格をきいた。

宮城は、中背だが顔が大きい。木下は痩せていて小柄だといった。

「モッズ」の知子がいっていた二人の男とは少し違うように思われる。彼女は四十代の男は、上質なスーツ姿だったといっていた。

「宮城さんは、どちらかというと色が黒いほうです。おしゃれで、この時季でもスーツをきちんと着ています」

そのへんは「モッズ」に現われた四十代の男と似ている。

今日子は、毎日のように宮城と木下を見ているから、体格や人格を正確に語れるが、「モッズ」のママは一度見たきりだ。観察に多少違いがあるだろう。

宮城と木下らしい男が、六月十三日、北千住のスナックへ、安達の居所をさぐりに行っていると紫門は話した。

「えっ。二人でですか？」

「明星探偵社の星さんと一緒のようでした。三人は氏名を正確にいったわけではありませんから、本人たちかどうかはなんともいえませんが、一人は星さんに間違いないでしょう。星さんは六月十二日、汐音さんから、安達さんの居所のヒントをきき出しています」

今日子は、なんだか恐くなったといった。

やがて自分も思いがけない事件に巻き込まれるのではないかと、胸を押さえているようだった。

紫門は、三也子にも電話した。

蓼科へ行くことは話していたが、汐音に会ったというと、

「よく会えたわね」

と、彼の労をねぎらうようにいい、どんな女性だったかときいた。女性はやはり同性に関心があるらしい。それに汐音は、世間一般のどこにでもいるような女性ではない。恋人のために、厳密には公金を盗み出して持っていった女性である。世間知らずというよりあまり世俗にまみれていない。

彼は汐音のことを、高級車を運転したり、高級レストランでの食事のマナーの心得はあるが、人の匂いを嗅ぎ分けたり、素性を読んだりするにはあまりに幼い、と話した。

「そうよね。人の匂いが嗅ぎ分けられたら、大金を持ち出したりはしないし、その前に、安達が何者かを感じ取っていたはずよ。お嬢さんにはお嬢さんの世界があって、安達のような男と付き合って、面白いと思ってはいけないのよね」

「ぼくが調べている今度の事件の、そもそもの始まりは、汐音の大それた行為という気がする。全容はまだ分からないけどね」

「わたしは、あなたの特有の勘を信じているわ。ひとつの出来事が起きると、瞬間的にあなたの目の裡には、出来事にいたるプロセスのようなものが映るんだわ。それがあなたを急《せ》き立てるんだと思う」

彼女は、いくぶん熱っぽく喋った自分に気づいてか、

「そろそろ寝《やす》むわ」

と、語尾は少し寂しげだった。


星の死亡に関する続報は新聞に出なかった。

深夜、工事現場に立ち入ったのはどうしてか、という疑問はあったろうが、彼が深酒していたことから、酔ったあまりの行為だろうと、捜査当局はみたのだろうか。

紫門は、星の自宅を見に行った。妻と男の子が一人いるという家族構成は分かった。近所で聞き込みをしたが、彼に対する不評はなく、普通の勤め人と周囲ではみていた。最近の生活状態にも変化はなかったという。

彼の友人の一人が分かり、その人の話から二人の友人を知った。全員に紫門は当たった。

「酒に酔うと調子に乗るタイプだから、ハメをはずして、工事現場でいたずらでもしようとしたんじゃないでしょうか」

と、三人の友人は想像を語った。

三人のうちの一人は、星と山行をともにしたことはあったが、この三年ぐらいは一緒に山に登っていないといった。

七月十九日から二十三日ごろまで、北アルプスへ行ったらしいがと、水を向けてみたが、その友人は星の山行を知らなかった。

星は、七月十九日、中房温泉に泊まったさい「三富秀次」という偽名を用いた。次の二十日、大天荘でも、それから二十一日、槍ヶ岳山荘でも同じ氏名と、偽りの住所で宿泊している。

このことを紫門は、二十二日に石本と一緒に大キレットを縦走するためだったとにらんでいる。だが、それを立証するものはない。山小屋へ偽名で泊まることは登山のモラルに反しているが、石本とともに縦走する目的があったからだとは決めつけられない。星が生きていて、彼の口からいたずら心だったといわれればそれきりである。

星が黄色のパーカーを着ていたという証拠もない。

紫門は、もう何日かして、星の妻の気持ちが落ち着いたころを見はからって、「ご主人は黄色のパーカーを持っていましたか？」ときいてみようと思った。

調査の収穫がなくて、重い足を引きずって「民宿」へ帰ると、小室主任から電話が入った。月末まで涸沢の常駐隊をつとめろといわれた。

彼は松本行きの特急に乗った。

調査が諦められなくて、ノートを開いた。メモを読んでいて、はっと気づいたことがあった。

六月十三日、星らしい男は三人連れで北千住の「モッズ」というスナックへ行った。

そこでわりに値の張るウイスキーのボトルを取った。店ではそれを買い取らせ、キープしておくといった。ママがタッグに、誰の名にしておくかをきいた。星らしい男が、「富沢」と答えた。

星と思われる登山者は、七月の山行で北アルプスの三カ所の山小屋に「三富秀次」と署名している。「富」の字が共通しているのだ。

名をきかれて、とっさに偽名を使おうとした場合、使い馴れている偽名を口にしたり書いてしまうものなのではないか。あるいは自分の名の一字を用いたりするのではなかろうか。

探偵社の調査員は、いろいろな口実を使って、秘密をさぐることが多いという話をきいたことがある。その場合は偽名を用いそうだ。星は仕事で偽名を使うとき、「富」の字のつく名を口にしたり、書いていたのではないか。

「モッズ」で、ママに富沢と書かせた男は、星にちがいない。彼に関する状況証拠はいくつも集められたが、犯罪に関係しているという決定的な証拠は摑めていない。これが紫門には歯痒《はがゆ》いのだった。

八月が終わると、潮が引くように人は山から去っていった。が、山が静かになった九月を待って登ってくる人もいた。

紅葉のまっさかり、単独行の中年男が行方不明になっているという捜索願が、同時に二件出された。二件はべつべつの山で発生した。一件は大滝山《おおたきやま》、一件は常念岳だった。

紫門らの救助隊は常念岳の北側で、怪我をして動けなくなっていた五十代半ばの男を、発見して救助した。

大滝山に登った人も五十代だった。その人の捜索には、勤務先の同僚も参加して、七日間続けられたが、死亡していた。発見が二日ほど早かったら助かったろうといわれた。

今年の夏は短く、雪のくるのが早かった。十月に入ると、降雪のあと、西穂と大キレットで滑落事故が相次いで発生し、大キレットでは四十代のカップルが墜落死した。

紫門の調査は、夏以来中断した。

小室主任も、救助隊員の寺内も、石本らの事件を忘れてしまったように口にすることはなかった。

六章　光る氷壁

1

十一月初旬、北アルプスの各山小屋も上高地のホテルも、今年の営業を終え、山は来春までの眠りに入った。

この間、紫門は、思い出すたびに市川佳代子に電話を掛け、調査員の長沼と川端のようすに変化はないかと尋ねた。

花井病院職員の沖今日子とも連絡を取った。彼女には、宮城と木下の日常をきいた。双方とも、特に変わった点はみられないということだった。

今日子からは、きれいな字の手紙が届いた。

〔北アルプスで遭難事故が発生したというニュースを新聞で読むたびに、紫門さんのことを思い出します。そして、遭難者が救助されたという記事を見て、ほっといたします。

これかれは冬山ですね。お怪我のないよう、お気をつけください。

よけいなことかもしれませんが、汐音さんは、九月下旬にお宅に帰られたらしく、わたくしがお宅へお伺いするたびに、バイオリンの音や、クラシックをききます。お目にかかってはいませんが、お元気なようすです」

大学が冬休みに入り、三也子が松本へやってきた。彼女は美《うつくし》ヶ原《がはら》から冠雪の北アルプスを眺め、二泊して帰った。

年の瀬が近づいた二十八日。

前穂北尾根末端の屏風岩で、クライマーが宙吊りになる事故が起きた。三人で、高度六〇〇メートルの大岩壁を登攀していたうちの一人だった。岩溝に打ち込んだハーケンが抜け、六、七〇メートル墜落したらしいが、折から吹雪《ふぶき》になり、パーティーのメンバーも、近くにいたクライマーも、宙吊りになった男を助けることができないという通報だった。

小室主任を指揮官にした紫門らの救助隊は出動した。

車で上高地まで入ったが、そこから奥は積雪と吹雪のために走行不能となった。悪天候だから、ヘリは飛べない。

上高地から七時間かけて横尾に着いた。夜になった。天気予報は、あすは天候が回復するといった。

宙吊りのクライマーの安否を気づかいながら、救助隊員は吹雪を避けるため、山荘の中庭にテントを張った。

山が吠えた。地吹雪が山荘の屋根を越えた。その中で、梓川だけは息を殺すようにして流れていた。

吹き荒れた嵐は、未明におさまった。夜明け前に北尾根の上に星が輝いた。雲の動きがしだいに明瞭になって、鋸歯状の峰がしらがだいだい色の光を放った。屏風《びょうぶ》ノ頭《あたま》にも光が燃えた。

救助隊員は、谷の暗いうちに新雪を踏んで大岩壁の基部に着き、ノミで削《そ》ぎ取《と》ったようなルンゼを仰いだ。

登攀パーティーを組んだメンバーの話から、宙吊りになっているのは、三十六歳の相馬保男《そうまやすお》という会社員であることが分かっていた。

三人は来年の初夏、ヒマラヤ遠征隊に加わることになっており、一月に剱岳《つるぎだけ》の岩壁で訓練する計画だという。

小室は、相馬とパーティーを組んだ二人を、基部のテントに残した。きのう、相馬を救助しようとして、それがはたせなかったからか、彼らは疲れた顔をしていた。昨夜はよく眠れなかったようでもある。

凍った岩壁に十二人の救助隊員が取りついた。六時間後、相馬にたどり着けた。

紫門と寺内が、宙吊りの相馬をはさむようにして声を掛けた。赤と緑のコンビのウエアを着た相馬は、光った氷壁に吊り下がったままで、なんの応答もなかった。吹きつける風に、彼は振り子のように揺れている。ピンと張ったザイルは、いまにも切れて、先端の彼は墜落しそうに見えた。

紫門はハンマーで氷を砕き、ハーケンを打ち、岩の割れ目にボルトをねじ込んだ。足場を作って、相馬の胴に手を掛けた。相馬は両手をだらりと下げ、死んでいるようだった。墜落して気絶しているうち、強風で壁に打ちつけられたのではないか。それとも宙吊りになって凍死したのかもしれない。

彼の右手首にはアイスハンマーがぶら下がっていた。シャフトには黒いゴムグリップが巻かれていた。

相馬はやはり死んでいた。口の周りの不精髭が凍っていた。

寺内が紫門に声を掛け、アイスハンマーを指差した。

「なんだ?」

紫門は、相馬の胴に手を掛けて、右手にぶら下がったハンマーに目をやった。光っているピック部分が半分ほどなくなっていた。折れたのだ。

紫門は、相馬の右手首からハンマーを吊った赤いバンドをはずした。ピックの尖った部分が折れて、失われていた。

氷壁にこれを打ち込んでいるうち、折れてしまったものらしい。ひょっとしたら、ハンマーを打ち込んで、それに体重をかけたところでピック部分が折れ、そのため、支点を失って墜落したのではないか。だから下部にいた二人には、トップの彼が打ち込んだハーケンが抜けて、墜落したと見えたのではないか。

紫門は、自分のベルトに相馬のハンマーを吊った。

午前十一時、相馬を岩壁の基部に下ろすことができた。相馬は、棒のように凍っていた。彼とパーティーを組んだメンバーの二人も、他のクライマーも、救助隊員も、相馬を囲んで合掌した。

朝は晴れていたのに、屏風ノ頭に白い雲がからはじめた。氷壁のテラスにたまった雪が、風に殴られて舞い上がった。

相馬の検視は、横尾山荘の中庭で行なわれた。凍死ということだった。

「旧《ふる》い物だな」

小室が、相馬のアイスハンマーに目を近づけた。

ヘッドは古くて、シャフトは新しい。フランスやスイスやイタリアなどを旅行した人が、現地の山具店でヘッドだけ買ってきて、日本で組み立てる場合もある。そうした品だと、ヘッドが旧式で、シャフトが新しい。

相馬のもヘッドは外国製のようである。

「この刻印、レビュファと読めないか?」

小室は、ピックの中央部分に指先を当てた。

岩や氷に当たって、ヘッドは傷だらけである。

紫門は、ヘッドの面を指でこすった。

「G. Rébuffat」その下に「France」とあった。

「そうです。レビュファです。これは、あのガストン・レビュファの刻印では……」

その声をきいて、寺内が顔をのぞかせた。

紫門は、寺内に刻印を見せた。

「そうです。レビュファです。すごい物ですよ、これは」

ガストン・レビュファは、世界的なアルピニストだった。一九二一年、フランスのマルセイユに生まれ、ヨーロッパ・アルプスの数々の難ルートをことごとく踏破した。五〇年にヒマラヤ最初の八、〇〇〇メートル峰登頂となったアンナプルナ遠征にも参加した。八五年五月、肺ガンのためパリで死去。シャモニーの墓地に埋葬された。著書の『星と嵐』は、山岳文学大賞を受賞している。

相馬は、レビュファからこのハンマーを贈与されたのだろうか。それとも、レビュファの刻印の入った山具は、フランスで売られているのか。いずれにしろ相馬は、世界的なアルピニストに憧れて、このハンマーを手に入れ、愛用していたにちがいない。だが、皮肉なことに、垂直の氷壁登攀中、これが折れたため、墜落して命を落とした――

「ハンマーも折れることがあるんですね」

寺内は折れたザラザラした面に指を当てた。

「生命をあずけるんだ。そうちょくちょく折れたらたまらない。ピッケルやハンマーを信頼して使えなくなるよ」

小室は、氷壁登攀中にハンマーが折れたことで死亡した遭難を、初めて目の当たりにしたといった。

紫門も初めてである。

岩の割れ目にピックを入れ、こじたりして折れたという話はきいたことがあったが、それは使用法を間違えたからだろう。

小室は、相馬のパーティーの二人を呼んだ。二人は焚火の前で頭を抱えていた。

「このハンマーは、相馬さんが買った物ですか？」

小室がきいた。

「もらい物だといっていました」

徳田《とくだ》という男が答えた。

「レビュファの刻印が入っていますね」

「ヨーロッパ旅行した友人が、フランスの古い山具店でそれを見つけ、相馬へのプレゼントに買ってきたそうです。相馬は喜んでいましたし、自慢げにぼくらに見せました」

相馬がこのハンマーを使ったのは二度目だという。

「ヘッドは旧式だがシャフトは新しいですね」

「彼にプレゼントした人が、ヘッドだけでは使えないからといって、日本の山具店に注文して、組み立ててもらったということです」

「レビュファの刻印は、本物ですか?」

「それは分かりません。フランスみやげだから、たぶん本物だろうと、ぼくは思いました」

徳田はそういって、彼より少し若い佐々木《ささき》を振り返った。

佐々木はうなずき、

「相馬にプレゼントした人は、本物だといったそうです」

と、赤い目をして答えた。

紫門は彼らの会話をきいていて、首を傾げた。相馬がこのハンマーを使って二度目という点が気になった。

「相馬さんが、このハンマーをプレゼントされたのは、最近ですか？」

紫門が二人にきいた。

「九月ごろだったと思います。山行の打ち合わせに集まったとき、彼はこれを紙袋に入れてきて、『どうだ』といって、ぼくらに見せました」

ハンマーをプレゼントされて間もなくだったという。神田の喫茶店に集まったのだが、徳田と佐々木は「G. Rébuffat」の刻印に目を吸われた。相馬は、これを持ってヒマラヤに登るといい、一日も早く使ってみたいといった。

「最初はどこで使いましたか？」

「有明山《ありあけさん》です」

凍りはじめた黒川沢《くろかわざわ》支流の白河沢《しらかわざわ》を、三人でツメたという。

ヒマラヤの零下四十度にもなる氷壁を何度もやるうち、アイスハンマーのピックが折れたのなら、これは納得できるが、規模の小さな日本の山で万遍なく打ち込んだとしても、それは知れたものだ。紫門のアイスハンマーは十五年も前に買った物である。それでも折れるのを懸念したことは一度もない。二度や三度の登攀で破損するような脆弱《ぜいじゃく》な登攀用具を、メーカーが売るわけがない。

2

山岳救助隊は、相馬保男の折れたアイスハンマーを、家族に断わってあずかった。それのピック部分のレビュファの刻印のある裏側に、「Chartres《シャルトル》」の刻印があった。これを作ったメーカーではないかと思われた。

紫門は、折れたハンマーを松本市内の登山用品店へ持ち込んだ。

「シャルトル」はフランス製品であり、日本国内では十数年前に三百丁ぐらい輸入されたことがあるという。

登山用品店を通じて、フランスのメーカーへ、レビュファの刻印を入れた製品を販売したことがあるかを問い合わせてもらった。

回答があって、レビュファの刻印を入れた物を売ったことはない。あるとしたら、レビュファ本人がファンの求めに応じて彫ったのではないかという手紙が添えてあった。

それと、アイスハンマーの用途から、厳しい検査を通った製品のみ市場に出しており、二度や三度の氷壁登攀で折れることはありえない。材料のニッケル・クローム鋼は、低温に対して強度が上がるように鍛えてある。使用した人が無理な取り扱いをしたとしか考えられないとも書いてあった。

これは当然な回答だった。寒冷地でたびたび使用すると脆性《ぜいせい》が生じ、折れることがある、という製品なら、クライマーは誰一人として使うまい。

豊科署は、科学警察研究所へ相馬のハンマーを送って、二回目の使用でなぜ折れたのかの検査を依頼した。

一月末、その検査結果が報告された。これを読んだ救助隊員は口を開けた。

ハンマーの先端（ピック部分）の折れて失われた部分がないため、幅については不明であるが、ピック部分中央よりシャフト寄り下面（France刻印のeの字の下の位置）に、深さ一・四ミリの溝《ノッチ》が入っていた。一見傷のようだが、検査の結果、人工的に溝を入れたものと判明した。つまり岩や氷に衝突したさい生じたキズでないことは明白である。

氷や岩の割れ目にピックが打ち込まれ、それを支点として登攀者は体重をかけて、一段登る。これが何度も繰り返されたことにより、溝が広がるかたちになり、ついには幅二二ミリ、厚さ五・五ミリのピック部分がほぼ中央部で折れたものである。

ハンマーのヘッド全体には、横に微細な条が無数に走っている。これをヘアラインの仕上げという。いわば金属製品の化粧だ。氷や岩に触れることにより、さまざまなかたちのキズがつき、硬い物の摩擦によって、ヘアラインの消えた部分があるが、比較的氷や岩と接触しない部分にはヘアラインが残っている。そことピック下面の人工的溝とにワックスが付着していた。疑えば、人工的に入れた溝（これの幅は二〇ミクロン、つまり毛髪ぐらいの太さだったと思われる）のありかを隠す目的で塗布したのではなかろうか。

ピック部分が折れた原因は、下面に溝が入れられていただけではない。零下四十度にも達する寒冷地で使用する目的の山具にしては、強度を鍛えたはずのニッケル・クローム鋼の組織がいちじるしく乱れていた。要するに材料が脆弱であり、何回もの登攀には不適性である。

材料が脆弱なため、金属が疲労しやすく、それに加えて下面に溝が入っていたため、数回の登攀で溝の部分が折れるにいたったものである。

「こんなバカなことがあるか」

小室がいった。

「アイスハンマーには不適性な材料が使われ、そのうえ、下面に溝が入っていた……」

紫門と寺内は顔を見合わせた。

「フランスのシャルトルというメーカーに、この分析結果を送って、抗議するか、相馬の家族に話して、弁護士を立てて、紛争に持ち込むかですね」

寺内だ。

「主任。シャルトルのハンマーは国内に三百丁輸入されたいうんですから、全国の山具店をさがせば、売れ残りがあるか、買って持っている人がいるはずです」

それをさがそうと、紫門は提案した。

シャルトルのハンマーを取り寄せ、それを再度科警研に送り、材料がアイスハンマーに不向きかどうかを分析してもらったらどうかといった。

「よし。やってみよう。ピック下面の溝というのは、おれには理解できないが、すべてのアイスハンマーの材料が不向きだったということになったら、寺内がいう方法を取ることだな」

小室がいった。

紫門と寺内は、松本市内の登山用品店を訪ねた。

その店の調べで、塩尻市の登山好きがシャルトルを一丁持っていることが分かった。

紫門らはその人に会いに行った。四十代半ばの果樹園経営者だった。

「アイスハンマーは十年以上前に買いましたが、山で怪我をして以来、冬山はやっていません。ですからこのハンマーは一度しか使っていないんです」

彼が物置から出してきたハンマーは新品に近かった。ヘッドのヘアラインも消えていなかった。シャフトには黒いゴムが巻いてあり、白い文字で「Chartres」と入っていた。ヘッドには「Chartres」と反対側の面に「France」の刻印はあるが、レビュファの名は彫ってなかった。

相馬が持っていたのは、特別注文だったのだろうか。

アイスハンマーを借りることにした。同型の物と材質の検査をさせてもらうとだけ断わった。

塩尻市の男から借りてきたアイスハンマーを、科警研に送った。

分析結果が出て、それには、材料はニッケル・クローム鋼の本来の組織が充実しており、どこにも人工的な溝などはなく、ヘッドにワックスも塗布されていないとなっていた。

相馬のとは体裁が異なっている。レビュファの刻印以外にヘッドには変わった点はないが、シャフトが違っていた。相馬に贈った人間が、ヘッドをフランスで買ってきて、日本で完成品にしてプレゼントしたのは事実のように思われた。

小室は、相馬のハンマーの折れて紛失した部分を見つけたいといった。紫門も同じ思いだったが、積雪期にその捜索は不可能だ。

紫門は、相馬にハンマーを贈った人間が何者かを知りたかった。

相馬が遭難したさいのザイルパーティーである徳田と佐々木は、贈り主を知らなかった。相馬から名前をきいたかもしれないが、知らない人であり、なんという名か忘れたといっていた。

紫門は、相馬にハンマーを贈った人間を調べてみたいと、小室に進言した。

小室はうなずき、課長にその旨を伝えた。

紫門は、個人でなく署に命じられて、ハンマーの贈り主と、本来の製品にどこで人の手が加えられたかを調べることになった。

彼は科警研を訪ねることにした。小室が科警研宛に紹介状を書いた。

「東京へこられるのね」

電話すると、三也子は喜んだ。

上京したら、明星探偵社の市川佳代子にも会いたかった。星の同僚だった長沼と川端のその後のようすをききたい。

花井病院の沖今日子にもしばらく電話をしていなかった。彼女には、病院職員の宮城と木下のようすに変化はないかを尋ねてみたかった。

七章　赤い実験

1

ニッケル・クローム鋼の本来の組織が壊れているとはどういうことか、と科警研の係官にきいた。

「強度を高めるために鍛えられた金属の組織を、逆に弱める加工をしたとしか考えられません」

「どんなことをすれば、弱くなりますか？」

「たとえば、高温の火に焙《あぶ》る。とろけるような色になったら、水で冷やす。これを何回も繰り返せば、せっかく強硬に鍛えられた組織がめちゃめちゃになってしまいます」

「その程度のことなら、たとえば鉄工所のようなところでなくても、やれますね？」

「それは可能です。小型の熔接機でも、アイスハンマー程度の鉄なら焼くことができますから」

紫門はそれをきいて、三也子と一緒に、渋谷の家庭用品や工具を扱うTデパートへ行った。この大型店では日曜大工用の材料から道具、工作機械に使う工具なども売っている。

「登山用品もあるわ」

三也子が売場案内のボードを仰いだ。

「熔接機は、工具売場だろう」

それは二階にあった。

アマチュアが使える物としては、電子ガストーチが適当のようだった。炎を噴射させると、千三百度から千九百度の高温になると説明書にあった。ガスの容量は約一時間。値段は七千五百円だった。

紫門はふと思いつき、石津家に電話した。石津の母親の彰子《あきこ》が応じた。五十七歳だが、若々しい声だ。

「お宅の近くに、鉄工所か自動車整備工場がありますか？」

彼は、小型熔接機の売場を横目に入れてきいた。

三也子は、説明書を熱心に読んでいる。

「歩いて十分ばかりのところに、わたしの親戚がやっている整備工場があります。紫門さんは、そこの人にうちで会っているじゃないの」

「そうでしたか。忘れてしまいました」

「車がどうかしましたか？」

整備工場の人に相談したいことがあるといった。

これで熔接機を買わずにすんだ。

アイスハンマーを買って、そのヘッド部分を小型熔接機で焙ったり冷やしたりしてみるつもりだったのだ。

フランス製のアイスハンマーは一万六千円だった。相馬が使っていたのによく似たタイプである。それを一丁買った。

「あなたが実験してみて、予想どおりの結果が出なかったら、無駄になるわね」

三也子は、ハンマーを握っていう。

アイスハンマーの石突き《スピッツェ》までの全長は四五〇ミリ、ヘッドの長さは二二三ミリ、重量は九〇〇グラムだ。ゴム巻きのグリップを握るとずしりとした重みがある。

紫門はふたたび石津家に電話し、親戚の自動車整備工場を訪ねて、ある実験をしたいのだがといった。彰子は整備工場へ電話しておくといった。

三也子は実験を見てみたいという。紫門の推測が当たっているかどうかを確かめたいのだ。

整備工場はすでにシャッターが下りていた。

「やあ、紫門さん」

出てきた主人には見覚えがあった。主人とは石津家で一緒にビールを飲んだのを思い出した。

紫門は、三也子を紹介した。

「これがアイスハンマーというやつですか」

主人は、黒いゴム巻きのグリップを握り、こんなに重い物を使って、凍った雪面や氷壁を登るのかといった。

紫門は実験を説明した。

「熔接機で赤めればいいんですね」

主人は、工場に灯りをつけた。車輪をはずした黒い高級車が中央に据わっていた。壁に工具がずらりと並び、床に置かれた木箱に、ボルトやナットが入っていた。

ノズルから、青い炎が音を立てて噴射した。

紫門がハンドルを掴んで、炎をハンマーのヘッド部分に当てた。二分ぐらいで、炎の攻撃を受けている部分が紫色に変わった。次に赤いアメ色に変わった。三分ぐらい熱すると、今度は白っぽくなった。鉄が溶ける寸前だと主人がいった。

「そのへんで、一ぺん水に浸《つ》けてごらん」

主人の指示にしたがって、バケツの水にヘッドを突っ込んだ。水面が煮えたぎって白い煙が上がり、飛沫を散らした。三也子はのけ反《ぞ》って逃げた。煙と飛沫と音に圧倒されたのだ。

「家庭用だと、熱するのにこれの倍以上の時間がかかるでしょうね？」

紫門は主人にきいた。

主人はうなずき、もう一度やってみてはどうかといった。

紫門は、再度同じことを試みた。

青い炎の噴射音の中で鉄の焼ける匂いがした。ハンマーのヘッドがべつの生き物のように色を変えた。誰かが深夜、せまい部屋のコンクリートの上で、一人きりで同じことをやったような気がした。背をかがめ、胸の裡を炎に変えて、冷たい鉄を時間をかけて焙ってアメ色に変え、溶けそうな色になったところで、水に浸けて急冷する作業を、繰り返したのではないか。それは孤独で、執念のこもった作業のようである。

さっきと同じように、バケツの水は沸騰して泡立った。水に黒い滓《かす》が浮いて、濁りが生じた。その濁りはニッケル・クローム鋼の本来の組織と硬度が溶け出した証左のようでもあった。

紫門は、同じことを三回繰り返した。光っていたヘッドの表面が黒っぽい色に変わっている。

彼はハンマーのピックを、工場の天井から吊り下がっているチェーンに掛け、ぶら下がるように体重を掛けた。だが、ハンマーにはなんの異状も生じなかった。

「これは生命をあずける道具でしょ。これぐらいのことで折れたり曲がったりはしないと思いますよ」

主人は、紫門の着想を笑うかのように目を細くした。

「ここに小さな溝を入れておいたらどうでしょうか？」

紫門はヘッドの「France」の文字を指差した。

「どんな溝？」

「肉眼では分からない程度の細い溝を、一ミリか一・五ミリの深さに」

「うちでは、そんなに細い溝を入れることはできません。実験なら、鉄ノコで入れてもいいじゃないですか」

鉄ノコの厚さは〇・五ミリ以下だという。

「やってみましょう」

紫門がいうと、主人は万力にヘッドをくわえさせた。

彼は慎重な手つきで、ピック部分の「France」のeの字の下面に鉄ノコを入れた。一ミリぐらいの溝をつくるのはわけのないことだった。

ヘッドに生じた溝は、肉眼でも明瞭だった。

紫門は、アイスハンマーのピックをふたたびチェーンに掛けた。体重を掛けてぶら下がった。さっきと同じで、曲がりもしなければ折れもしなかった。

彼はきょうの実験を諦めた。この結果をあす、科警研の係官に報告するつもりだ。

三也子は、石津家へ寄った。石津も父親も帰宅していた。

彼女は前に石津には会っている。

母親の彰子は、まるで自分の息子のフィアンセを迎えたような顔をして、家族と一緒に夕食をしていってくれと勧めた。

「三也子さんは、背がお高いのね」

彼女は三也子を見上げた。彰子も小柄ではないが、三也子に並ぶと小さく見えた。

「お似合いだわ」

紫門と三也子が食卓で隣り合わせになると、彰子は見比べた。フィアンセがいない息子とひき比べて、うらやんでいる感じである。

自動車整備工場での実験を、紫門は話した。七四キロの体重を掛けたが、ハンマーはびくともしなかったといった。

「三回焙ったり冷やしたりしたため、金属の組織は確実に変化したと思う。だけど、それぐらいのことで曲がったり折れたりするような材料を、生命をあずける道具には用いない。同じことを何十回も繰り返してみたら、脆性が生じるんじゃないか」

父親がいった。彼は大手造船会社の役員だ。技術屋ではないが、多少なりとも材料の性質には通じているらしい。

「誰かが、アイスハンマーに手を加えたと思いますか？」

紫門は、父親からワインを受けてきいた。

「それは思うよ。二度や三度、日本の山で使って折れるような製品を、市場に出すメーカーがあるものかね。現在はどんな製品でも品質を信じてよい。船でも車でも同じだが、安全を考えていないようなメーカーの製品は売れない時代になった。体裁だけでは勝負ができない。たとえば女性に好まれている有名ブランドのバッグにしても、デザインだけでなくて、材質を高めている。古くなっても形が崩れない。これがほんとうの高級品なんだ」

彰子は、三也子にさかんにワインと料理を勧めた。紫門らの話よりも、一時は山岳救助隊員をつとめた三也子に、強い関心を持ったようだ。

2

科警研の係官に電話し、昨夕、整備工場で実験したままを報告した。

「紫門さん。熔接機で、二回や三回焙って赤めたり、水で冷やしたくらいで折れるような物を、冬山の救助活動で使えますか」

係官は笑っているようだった。

「何十回も同じことを繰り返したら、金属の組織は破壊されますか？」

「ハンマーでもピッケルでも、それからアイゼンでも、メーカーは強度を高めるための研究をし、安全が保てることを保証できる材料を製品にして市場に出します。逆に弱めるという研究はしてないでしょう。何者かが、既製の物に、材料を弱める細工をしたとしか考えられません。つまりメーカーの逆をやっていたんです。なにを使って弱めたかは不明ですが、分析の結果、本来の組織を壊したことは確かです。組織を破壊する方法のひとつに、バーナーで焙り、それを急冷するというヒントをお教えしたんです。……専門家が研究して作った物を壊すのですから、金属材料に関する知識のある者が、執念を込めて細工したのでしょう」

だから、二回や三回火に焙った程度の細工ではないという。

昨夜、石津の父親がいったことと同じだった。

紫門は、相馬保男にアイスハンマーをプレゼントした人間を知りたかった。その人間が細工したのだとしたら、相馬の墜落を希《ねが》っていたとみてよいのではないか。

彼は相馬の自宅を訪ねた。台東《たいとう》区で浅草寺《せんそうじ》の裏側に当たる一角だった。

小ぢんまりした飲食店が軒を連ねていた。相馬の家はそのうちの一軒だった。

両親は三十年ほど前から小料理屋を営んでいたのだが、五、六年前、父親は病死した。そのため母親が板前を雇い入れて営業していた。相馬の妹が高校を卒《お》えると、店で母親を援けるようになった。

一年前に板前がやめた。そのあとは、母娘で店をやっているのだった。

相馬の母と妹の直美《なおみ》は、顔つきがよく似ていた。二人は、相馬が遭難したとき、豊科署へ行ったというが、紫門は会っていなかった。

彼は、相馬の遺影に向かって焼香した。黒い額縁の中でバンダナを巻いた相馬は笑っている。山で撮ったものだった。

相馬は、高校のときに登山を始めて、山に取《と》り憑《つ》かれた。大学に進んだが、勉強が嫌いで中退した。

就職したが、どこも長つづきしなくて、勤務先を転々とした。十六年間に十カ所ぐらい勤務先を変えたという。

最近は、墨田《すみだ》区内の化学薬品会社の工場にいた。入社して七、八カ月という。

「お店をやる気はなかったんですね？」

紫門はきいた。

「この店は、わたしたちで充分です。いいかげんに山登りをやめて、結婚すればいいのにと思っていましたが……」

「フィアンセの方は？」

「二年ぐらいお付き合いしていた人がいました。きのうもお花を持ってきてくれました」

妹の直美がいった。三十を少し出ていそうだ。

「一緒に屏風岩に登った徳田さんと佐々木さんのほかに、相馬さんには山友だちがいましたか?」
三、四人いるが、二人についてはよく知っていると妹が答えた。そのうちの一人は、ヒマラヤへ登る予定のメンバーだという。
「その人ですか、相馬さんにアイスハンマーをプレゼントした人は?」

「違います。兄の葬儀のあと、一緒に山へ登っていた人たちが、この店へ集まりましたが、兄にアイスハンマーを贈った人はいませんでした。みなさんは、誰にもらったんだろうと、話し合っていました」

「プレゼントした人は、山仲間ではなさそうですか?」

「そう思います」

妹は首を傾げて考えていた。

母も妹も、相馬が遭難して初めて、アイスハンマーがもらい物だったことを知ったのだという。母も妹も登山をしない。だから相馬は、山に関することは話さなかったようである。

「ハンマーをプレゼントするくらいですから、相馬さんとは親しい人という気がします。山友だち以外の親しい人を教えてくれませんか？」

母娘は、四、五人の名と住所を話してくれた。その全員が相馬の訃報《ふほう》をきいて駆けつけたし、葬儀にも参列したという。

紫門は帰りがけに、もう一度、相馬の遺影に手を合わせた。突風に蹴散らされる大岩壁の雪煙を思い出した。そこに吊り下がっていた蒼黒い顔の男が頭に再現された。

遺影の前の白と黄の菊花を見て思いつき、相馬の恋人の名と住所を妹にきいた。母と妹に話さないことを恋人には語っていたということもある。

恋人は、岸野景子《きしのけいこ》といって三十歳という。彼女は江東区《こうとう》のガラス工場の社員だと教えられた。

「景子さんは、兄に連れられて何回か山へ登っています。高校のとき、お父さんと一緒に青森県の山へ登ったことがあるといっていました」

妹がいった。

「青森の……。ぼくは青森市の生まれです。岸野さんが登ったのは、八甲田山か、岩木山じゃないでしょうか？」

「八甲田です。彼女は、東京へ就職するとき、山の名のついた夜行列車に乗って、上野《うえの》へ着いたのをよく覚えているといっていました」

急行「八甲田」はいまも走っている。青森発で、十時間あまりかけて上野に着く。

その列車には紫門も何度か乗っている。

岸野景子の勤務先へ電話した。じっくり話をききたいというと、勤務が退けてからでないと会えないといった。彼女の言葉には青森の訛りはなかったが、同郷の人と話すのは懐かしい気のするものである。


夕方、岸野景子は、紺色のコートの襟に顔を埋《うず》めるようにして、工場の門を出てきた。どこかが悪いのではないかと思うほど顔色が悪かった。

彼女と喫茶店をさがして入った。

会社帰りらしい男の客が三人、ビールを飲んでいた。

景子は、コートを着たままでいたいが、いいかと断わった。

風邪気味なのかときくと、弱々しく首を横に振った。

紫門はコーヒーを取った。彼女は紅茶を頼んだが、カップを持ち上げなかった。

「あなたは青森の出身だそうですね?」

「はい」

「ぼくは、青森市です。高校まであちらにいました」

「わたしは、野辺地町《のへじまち》です」

実家は漁業だという。

野辺地湾は、下北《しもきた》半島と津軽《つがる》半島に抱かれる陸奥《むつ》湾南東の支湾だ。夏季に山背《やませ》の冷風が吹く。昔から凶作風として恐れられていた偏東風だ。

「『潮《しお》かをる北の浜辺《はまべ》の砂山のかの浜薔薇《はまなす》よ今年も咲けるや』という野辺地を詠んだ歌を覚えています」

「啄木《たくぼく》ですね」

彼女はようやく目を細めた。

温かいココアを飲んだらどうかと、紫門は勧めたが、彼女はまた首を横に振った。元来無口なのか、彼女は自ら話そうとはしなかった。

「相馬さんと山に登ったことがあるそうですね？」

「四回連れていってもらいました」

「どこへ登りましたか？」

「最初は北岳でした。八ヶ岳の赤岳。北アルプスは西穂《にしほ》独標《どっぴょう》と北穂です」

四回の山行は、夏と秋だったという。

「相馬さんが、なぜあんなことになったかを、ききましたか？」

「直美さんから詳しくききましたし、アイスハンマーが折れたことを、新聞でも読みました」

「折れたアイスハンマーは、友人からのプレゼントだったそうですが？」

「そうです」

「贈り主が誰だったかを、あなたは知っていますか?」

「比留間《ひるま》さんという方です」

紫門は、その名をきいた瞬間、彼女に会ってよかったと感じた。彼女に会うことを思いつかなかったら、アイスハンマーの贈り主は分からずじまいになったような気がする。

「比留間という人は、相馬さんと親しかったんですね?」

「彼は比留間さんに好かれていたようです。ヒマラヤの山へ登る費用の一部を、比留間さんが援助してやるとおっしゃったそうです」

「相馬さんの登山の理解者というわけですね。なにをしている人ですか?」

「不動産会社を経営しているということですが、詳しいことは知りません。会社は上野だということでした」

景子は、去年の春、比留間に会ったことがあった。相馬と一緒に、上野のレストランで食事した。二度目に会ったのは、相馬の葬儀会場でだった。そのときは、景子を認めて目顔で挨拶しただけという。

「どんな感じの人でしたか?」

「歳は四十二、三です。初めて上野でお会いしたときは、すごく高そうなスーツを着て、高級な腕時計をしていました。ほとんど笑わなくて、冷たい感じのする人でした」

どうやら彼女は、比留間に好感が持てなかったようである。

景子は、比留間のフルネームも、経営している会社名も知らないといった。

「徳田さんと佐々木さんの話ですと、アイスハンマーをプレゼントした人は、フランス旅行のさいに現地でヘッドを買ってきて、日本のメーカーに注文してシャフトを組み立ててもらったと、相馬さんからきいていたということでした」

「わたしもそうきいています」

景子は、相馬がハンマーをもらった日のことを記憶しているといった。

それは、去年の九月半ばごろだった。相馬は夜、彼女の部屋へやってきた。「比留間さんからのプレゼントだ」といって、紙にくるんだハンマーを出して見せた。

「ガストン・レビュファって知ってるか?」相馬は景子にきいた。

「きいたことあるわ。登山家でしょ」

「そう。世界的登山家だ。十年ぐらい前に死んだけどな」その人の刻印だといって、相馬はヘッド中央部を指差した。

比留間は、これをヒマラヤで使えといってくれたといった。

相馬は早くハンマーを試したがっていた。冬の北アルプスの訓練で使ってみると、何回も繰り返した。

「とてもうれしそうでした」

景子は、相馬の笑顔を思い出してか、唇を噛んだ。瞳にうるみが生じた。

紫門は彼女を見ていて、はっとした。もしかしたら、彼女は相馬の子を宿しているのではないか。顔色が悪いのはそのせいではないか。体調の変化だけでなしに、毎日腹に手を当てて、思い悩んでいるからではないのか。

紫門は椅子を立つと、からだには気をつけてください、といった。

景子は頭を下げ、

「紫門さんは、ときどき青森にはお帰りになるんでしょうね?」

「しばらく帰っていません。あなたは?」

「二年以上、帰っていません。去年の暮れは帰ろうと思っていましたが……」

相馬が遭難したため、正月にも帰りそびれたにちがいない。

紫門と景子は、親しい者同士のように、駅まで肩を並べて歩いた。

空を見上げると、白い星がいくつか見えた。雲が動いて、星を消していった。

3

相馬家へ電話した。直美が出た。

店が忙しいかときくと、そうでもないという。

紫門は岸野景子に会って、たったいま別れたといった。

「兄さんにハンマーをプレゼントした人が分かりました」

「景子さんは知っていたんですか？」

「比留間さんという四十二、三歳の男の人です。彼は相馬さんの登山に理解を持っていたらしくて、ヒマラヤ行きの費用を援助するとまでいっていたそうです」

「そんな話、兄からきいたことありません」

「比留間さんは、相馬さんのお葬式にもきていたと、景子さんはいっています。お葬式にきていれば、記録が残っているでしょうね？」

「香典の控えがあります」

「それを見ていただけるでしょうか？」

妹はあとで調べておくといった。

紫門は、「民宿」の電話番号を教えた。

直美からは十一時に電話が入った。

「比留間新三郎《しんざぶろう》という方です。ほかに同姓の方はいませんから、この方にちがいないと思います」

比留間の住所は、台東区東上野《ひがしうえの》となっているという。

景子は、比留間は上野で不動産会社を経営しているらしいといっていた。香典の控えに書いてあるのは会社の所在地ではないだろうか。

紫門はあす、そこを訪ねるつもりだ。

直美は、母親にもきいてみたが、比留間を知らないし、葬儀会場でも見た覚えがないといったという。


翌朝、紫門は石津家の親戚の自動車整備工場へ寄った。

「きのうは、アイスハンマーを五回焙りました」

主人はいった。彼は紫門の着想に興味を持っているのだ。

紫門は主人に、日に何回かハンマーのヘッドを熔接機で赤め、水に浸けてみてくれと頼んでおいたのである。

工場には従業員が二人いた。二人とも油で汚れた作業衣を着ていた。

天井から下がっているチェーンに、ハンマーのピック部分を差し込み、ぶら下がってみた。一昨日と同じで、ピックは折れも曲がりもしなかった。

主人は、きょうも何回か焙って、冷やすといった。

昨夜、相馬の妹にきいた比留間新三郎の住所に行った。灰色をした五階建てのかなり古い貸しビルだった。

一階がラーメン屋だ。その店の横にガラスのはまったドアがあり、階段がついていた。メールボックスがあった。二階から上は事務所らしい。

二階のボックスに「比留間商事」の名札があった。これが比留間新三郎の会社なのだろう。

紫門は、一階のラーメン屋で昼食を摂った。

ラーメンを食べながら、家主はどこかをきいた。

一〇〇メートルほど離れた雑貨店がビルの持ち主だと分かった。

「二階の比留間商事には、社員がいそうですか？」

白衣を着た店主にきいた。

「女の子が一人いるよ。前は男の社員が三人いたけどね」

比留間商事も最近は不景気らしいという。

「社長は、たしか四十二、三歳の人でしたね？」

「そんなもんだね」

店主は、鉄鍋に野菜を放り込んだ。

ビルの持ち主の雑貨店を訪ねた。

六十歳見当の頭の光った男がいた。主人だった。

「山岳救助隊の人が、なんで比留間さんのことを？」

主人は、メガネの上から紫門を見てきいた。

北アルプスで不審な遭難をした人のことを調べていたら、遭難者の知人の一人に比留間がいた。気になる人物なのでどういう人柄かを知っておきたいといった。

「山岳救助隊って、そういうこともやるんですか？」

「遭難に関することはなんでもやらなくてはなりません」

「で、比留間さんのなにを知りたいんですか？」

主人はメガネをはずした。

「比留間さんの会社は、古いんですか？」

「あのビルに入ったのが十二、三年前です」

比留間商事はやはり不動産業だった。土地売買の斡旋をしていたし、一時地上げを請け負っていたこともあるという。

「ひところは、社員が三、四人いて、忙しそうでした。最近は社員を減らして、ひっそりとやっている感じです。景気が悪いんでしょうね」

「比留間さんは、どんな感じの方ですか？」

「おしゃれでね、いつもきちんと背広を着ています。ときどき派手なネクタイをして。……話すとき、細い目でじっと人の顔を見ています。めったに笑わないし、初めて会う人は、気味の悪い印象を受けるんじゃないでしょうか」

「人とトラブルを起こすような方ですか？」

「そういう評判はきいていません。私と会えば、けっこう気さくに話しますよ」

比留間の体格をきいた。

面長で、身長は一七〇センチぐらいで、中肉。メガネを掛けたり掛けなかったりしているという。

「夏はパナマ帽をかぶって、なかなかダンディです」

比留間の住所は、文京《ぶんきょう》区根津《ねづ》であることも分かった。

紫門は、比留間の自宅を見に行った。千代田《ちよだ》線の根津駅から七、八分の住宅街にある一戸建てだった。ブロック塀で囲んだ古い木造二階家だ。

近所できくと、八年ほど前に空屋を買って入居したのだという。

家族は妻と四歳ぐらいの娘が一人いるが、

「奥さんはまだ二十代ですよ」

と、隣家の主婦は小さい声になった。どうも後妻ではないかという。

「六年ぐらい前まで、外国製の高級車に乗っていましたが、いまは国産車です」

比留間は、相馬にヒマラヤ行きの費用を援助するといったという。景気が悪そうなのに、そんなことができたのだろうか。

それとも比留間は、景気のよかったころにしっかりと蓄財し、経済的には余裕があるのか。彼にとっては、一人の男が海外の山へ登るための費用ぐらい、高《たか》が知れているのだろうか。

紫門は、比留間商事の女性社員の帰りを張り込むことにした。

さっきの雑貨店の主人の話だと、現在勤めている女性は、色白でやや肉づきがよく、髪を茶色に染めているということだった。

午後六時過ぎ、黒の長いコートを着た若い女性が、ラーメン屋の横のドアから出てきた。二階の窓にはまだ灯りがついている。

若い女性の髪は茶色だった。彼女を尾けた。角を曲がったところで、紫門は声を掛けた。彼女は振り返り、身構えるような表情をした。雑貨店の主人がいっていたように、彼女は色が白かった。口紅を濃く塗っている。

比留間のことをききたいというと、彼女は二、三呼吸黙っていたが、

「どんなことでしょう?」

と、赤い唇を動かした。

紫門は、北アルプスのある遭難に関してだと、理由を簡潔に話した。

人と会う約束がしてあるが、三十分ぐらいなら質問に応じると、彼女は、やや高い声で答えた。

銀行の脇の車の陰に二人は立った。彼女は矢崎《やざき》という姓だった。

「比留間さんは、去年、ヨーロッパ旅行をされましたか？」

「海外旅行ですか……。いいえ」

「フランスへお出掛けになったはずですが？」

「社長は、八月に北海道へ行っただけです」

「それは、八月の何日ころでしたか？」

「下旬だったと思います」

彼女は、黒いコートの襟を摘《つま》んで答えた。

「何日間の旅行でしたか？」

「二泊でした」

「観光ですか？」

「仕事だといっていました」

チケットは彼女が手配したから記憶しているという。

「あなたは、登山者が使う、アイスハンマーをご存じですか？」

「いいえ」

紫門は、ハンマーの形状を説明した。そういう物を、比留間が持っているのを見たことがあるかときいた。

「ありません。社長は登山をしません」

紫門は、相馬保男を知っているかときいた。

「はい。二回ばかり、会社でお会いしたことがあります。あ、紫門さんのおっしゃった、北アルプスの遭難というのは、相馬さんのことですか？」

彼はうなずいた。

彼女の瞳が、薄暗がりの中で光ってきたように見えた。

「比留間さんと相馬さんは、親しかったようですか？」

「はい。夏のことでしたが、夕方お見えになって、社長とビールを飲んでいました」

「比留間さんは相馬さんに、フランスで買ってきたといって、アイスハンマーをプレゼントしました。そのハンマーが折れたために、相馬さんは凍った岩壁から墜落死、宙吊りになって亡くなられたんです」

紫門の話をきいて、彼女は表情を変えた。

「そんなこと、社長は一言もいいませんでした」

「相馬さんが遭難したのを、比留間さんはなにで知ったのでしょうか？」

「会社にいて、新聞を見て、大きな声を出しました」

「相馬さんの遭難が新聞に載ったのは、十二月二十九日の夕刊です。あなたは、その日も出勤なさっていたんですね？」

「去年は二十九日まで出勤しました。その日は片づけがあって、夜八時ごろまでかかりました。そのあと、この近くで社長と食事しましたので、よく覚えています」

　彼女と一緒に行ったレストランで、比留間は、相馬の遭難死に触れ、「登山は危険なスポーツだ」と、話していたという。

「そのとき、相馬さんにアイスハンマーを贈っているという話はしなかったんですね?」

　紫門は念を押した。

「きいていません。去年は社長にとっては不運な一年でした。景気は少しもよくなりませんし……」

「なにがあったんですか?」

「親しくしていた人が事故でお亡くなりになり、年末に相馬さんが、あんなことになったりで」

「事故で亡くなった方は、山での遭難ではないんですね?」

「都内です。お酒に酔っていたらしいんですが、ビルの工事現場へ落ちたんです」

　ビルの工事現場へ、落ちた——

　紫門は、不意に胸を衝かれた気がした。

「その事故はいつでしたか?」

「とても暑い日だったのを覚えています」

「では、七月か、八月?」

「八月でした。たしかお盆の前でした」

紫門は、ノートをめくった。

「その人は、星宏介さんではありませんか?」

「えっ。紫門さんは、星さんを?」

「直接知っていたわけではありません。やはり、北アルプスで七月に遭難死した人のことを調べていたら、同僚だった一人に星さんがいました。ぼくは星さんには多少不審を抱いたんです。そうしたら、彼が恵比寿のビル工事現場で転落して亡くなりました。ほんとうに事故死だったのだろうかと、いまでも疑いを持っているんです」

比留間は、星とも相馬とも親しくしていたという。

二人がほんとうに事故死だったら、たしかに比留間は友人二人を相次いで失った不運な男ということになる。

目の前の白い顔を見ているうち、紫門の頭にある状況が浮かんだ。

4

紫門は、北千住のスナック「モッズ」の扉を押した。

「いらっしゃいませ。あら……」

　知子というママが、カウンターの中からいった。髪を黄色にしたホステスが笑顔を見せた。客はいなかった。

　彼は、カウンターをはさんでママの正面に腰掛けた。

　この店へきたのは半年近く前だった。自殺した安達正裕の所在を突きとめにきたらしい、三人の男の話をきいて以来だ。

　彼は、ママとホステスのグラスに、ビールを注ぎながら、六月十三日、安達正裕とこの店で待ち合わせしていたといって訪れた、三人の人相をもう一度思い出してもらうことにした。

「三人のうちで、スーツをきちんと着た四十二、三歳の男は、メガネを掛けていたということでしたね？」

「ええ。間違いありません」

　知子が答えた。

「その男は、身長が一七〇センチ程度で中肉、面長で、細い目をしていたのでは？」

「そんな感じでした。わたしが冗談いっても、少しも笑わないし、話をしなくて、ちょっと気味の悪い印象が残っています」

　次に相馬の体格と人相をいってみた。

「陽焼けしているらしく、黒い顔で、がっしりしたからだつきをしていたのは覚えています」

相馬によく似ている。

「ボトルに『富沢』と書いておいてくれといった男と、陽焼けした顔の男は、スーツの男を『社長』と呼んでいなかったですか？」

ママとホステスは顔を見合わせた。が、思い出さないようだった。

しかし、三人の人相や年齢から、この店へやってきたのは、比留間と星と相馬にちがいなさそうだ。

四千万円の現金を花井汐音から持ち逃げした安達の所在を、星が突きとめる気になったのだろう。彼一人では心細いと思ってか、彼は比留間に話を持ちかけた。比留間は、ヒマラヤの山へ登りたいが、資金調達に苦慮していた相馬を引き込むことにし、三人で安達が持っている現金を奪い取ることにしたのではないか。

比留間の身辺から、星が浮かんできたのは意外だった。きょうは収穫のあった日だ。

紫門は、三也子に電話し、経緯を報告した。

「比留間がフランス旅行をしていない事実が摑めたのは大きいわ」

彼女はいった。

「だけど、彼が相馬にアイスハンマーを贈った証拠がないんだ」

「相馬の恋人だった岸野景子さんは、彼から比留間にもらったことをきいているんでしょ。彼の山友だちも、アイスハンマーはもらい物だったのをきいているのだし」

「比留間が、ハンマーを買ったという証拠もないし、持っていたことを知っている人もいない。警察に追及されても、彼が相馬に贈っていないと答えたら、それきりだよ」

「ダメかしら……」

「比留間が、ハンマーを持っていて、それに細工をしたという証拠が挙げられないと、彼が、相馬の遭難を期待してプレゼントしたことにはならない」

「だけど、比留間が相馬に殺意を抱いていたらしいことは推測できるわね」

「星と相馬の三人で、安達が持っていた現金を奪ったのだとしたら、共犯者を消したかったんだろうとは想像できるがね」

「『モッズ』というスナックへ、安達に会うためといって行ったことが立証されれば、比留間が共犯者の一人だったという証拠にはなるんじゃないかしら」

「そうだね。比留間の顔を盗み撮りするか」

「それを、『モッズ』の二人に見せるのね？」

「相馬の写真なら手にいれられる」

「星の写真は？」

「探偵社にはなさそうなんだ」

「石本と星と一緒に山に登っていたわね。彼のアルバムに星の写真が入っているんじゃないかしら？」

なんとかすれば、三人の写真は手に入りそうだ。

紫門は、相馬直美に電話して、彼の写真を借りたいといった。彼女は用意しておくからいつでも寄ってくれと答えた。

紫門は石津に、カメラと二〇〇ミリのレンズを借りることにした。

去年の八月、そのカメラで星を盗み撮りしようと考えていたところへ、彼の訃報が入った。市川佳代子が、星がビルの建設現場で遺体で発見されたと連絡してきたのだった。

車も石津から借りた。

それに乗って、比留間の自宅と会社のどちらかの近くから撮影することにした。

自宅の近くへ行ってみたが、住宅街であり、長時間車をとめていると、近所の家に不審を抱かれそうだった。

上野の会社のある道路を、ゆっくり転がした。この道路には車がずらりと並んでいる。そのあいだに入ってしまえば、不審感を持つ人はいないだろう。

比留間商事の女性社員の話では、社長は毎日午前十時半ごろ出勤するということだった。

紫門は比留間の顔を見たことはないが、人の話では、体格や人相の見当がついている。それに彼はいつもきちんとスーツを着ているということだった。

張り込んで一時間ほど経過した。十時四十分だった。紫門が乗っている車の四、五台先に、黒い乗用車がとまった。中型の国産車だ。茶色のダブルのスーツを着た男が降りて、上着の前を合わせた。ネクタイが赤かった。靴が光っている。

面長の顔を見て、比留間だと直感した。メガネは掛けていなかった。

紫門はフロントでレンズを向けた。気づかれはしないかという不安があった。五回シャッターを切って、カメラを隠した。

茶色のスーツの男は、ラーメン屋の横のドアに消えた。彼が比留間で、鮮明に撮れていれば今後の役に立つだろう。

現像を自分の店でやっている写真屋へ、フィルムを持ち込んだ。昼過ぎにはプリントしておくということだった。紫門は十枚ずつプリントしてくれと頼んだ。

石本の妻に電話で、アルバムから星の写真をさがしてもらえないかといった。

三十分後に掛け直した。星の写真を四枚見つけたと、妻は答えた。

彼女は新宿まで出ていく用事があるから、駅の近くで写真を渡したいといった。

「星さんの亡くなり方もヘンでしたね」

彼女はぽつりといった。夫の同僚だった男が事故死したことに対して、彼女なりに疑問を持っていたようである。

石本の妻から、星の写真を受け取った。いずれも山中での撮影だった。角ばった顔の星は、岩に腰掛けて笑っていた。上高地の河童橋《かっぱばし》の上に立って、穂高を背景にしたのもあった。写真で見る星は磊落《らいらく》そうな表情だ。

紫門は上野に戻って、プリントを受け取った。一コマはブレていたが、四コマは比留間らしい男の顔をきっちりと捉えていた。目が細くて、無表情な感じだった。

その写真を、比留間商事が入っているビルの持ち主である雑貨店の主人に見てもらった。

「比留間さんです。よく撮れてますね。こうやって見ると、なかなか男前だねえ」

店主はメガネを掛けて、写真に見入っていた。

浅草の相馬家を訪ねた。直美が兄の写真を用意していた。

彼女は、兄にアイスハンマーをプレゼントした比留間とは、どんな男なのかときいた。

紫門は、自分が撮った写真を見せた。

兄の葬儀で会葬した一人だろうが、見覚えがないという。

「上野で、不動産会社を経営しています」

紫門はそういったが、妹は兄からついぞきいたことのない人だといった。

「兄の写真は、なにに必要なんですか？」

彼女は紫門を見上げた。

「去年の六月、北千住のあるスナックで三人の男性が飲んでいます。その中の一人が相馬さんだったような気がします」

「三人のうち一人が兄だったとしたら、どうなるんですか？」

「比留間という人と親しかったかどうかがはっきりします。三人のうちの一人は比留間さんのようでしたから」

比留間が、アイスハンマーを相馬にプレゼントしたことを明白にしたいのだと、紫門は話した。

相馬の写真には登山装備のものが多かったが、普段着のを、紫門は選んだ。

彼は三人の写真を、厚手のジャケットのポケットにしまった。相馬と星は、ときどき比留間の会社に集まって、密議をしていたような気がする。そのうち二人が、相次いで事故死した。これを疑わないほうがおかしい。

彼は北千住へ向かった。道路の端に車をとめ、「モッズ」へ駆けていった。

客が奥のボックスに二人いた。紫門は今夜は車できているので飲めないと断わり、カウンターでママに三人の写真を見せ、

「知っている人がいますか？」

ときいた。

「この人とこの人は覚えています」

彼女は、星と比留間を指差した。比留間はメガネを掛けていないのに、記憶に濃く残っているようだ。

彼女は、黄色の髪の子を手招きした。

「この三人です。あのときの人たちは」

彼女は、相馬にも覚えがあるといった。

紫門は、間違いないかと念を押した。

ホステスは、間違いないと断言した。ママには相馬だけ印象に残らなかったのか、首を傾げていた。

彼女らの話で、星と比留間が去年の六月十三日、この店にきたのは事実のようだ。彼らは、安達と待ち合わせしたといった。だが、それは口実で、安達の所在をさぐりに訪れたのだろう。初めてきたのに、値の張るウイスキーのボトルを取った。気をよくしたママから、安達が潜んでいたホテルのヒントをきき出したにちがいない。

状況証拠だが、これだけそろっていれば、警察は比留間に会って、なんの目的で安達の所在を確かめに行ったのかと、追及できるのではないか。

紫門は、これまでの調査結果を小室主任に報告した。

「まだ弱いな。比留間に、星と一緒にスナックで飲んだだけだといわれたら、それきりじゃないか。安達などという男は知らないし、自分とは無関係だ。星が安達のことを、スナックのママにきいていたようだが、その後どうしたのかは知らないと、シラを切るかもしれない」

「安達の所在をききに行った三人のうち二人が、ヘンな死に方をしているんですよ」

「ヘンな死に方をしたのは知っているが、関係ないと逃げられそうだな」

「比留間は、相馬にアイスハンマーを贈っています」

「そのことだって、贈ったと答えたら不利になると思えば、そんなことはしていないというだろうな。現に比留間は、フランスへ行っていない」

今夜の小室は、紫門を突き放すようだった。

八章　執念《しゅうねん》の崩壊《ほうかい》

1

紫門は、久し振りに市川佳代子の自宅に電話した。彼女が直接出て、名乗らないうちに「紫門さん」といった。

「東京にいらっしゃるんでしたら、早くお会いしたかったわ」

彼女は、甘える口調になった。

去年の六月十三日の夜、星は男二人と、北千住の「モッズ」というスナックへ行き、そこのママから、安達の潜伏先《せんぷくさき》のヒントをきき出しているようだと話した。

「星さん以外の二人が誰なのか、分かっているんですか？」

「一人は不動産会社の社長、一人は去年の年末に北アルプスの岩壁から墜落死した男です」

「では、三人のうち二人が亡くなっているということですね」

星は、不動産会社社長と親しくしていて、その男の会社へ寄ったこともあったと話した。

「その三人で、安達さんが持っていた現金を奪ったんでしょうか？」

「そうではないかと考えていますが、まだまだ不明な点がたくさんあります」

役に立てることがあったらいいつけてもらいたいと、佳代子はいい、時間に余裕ができたら会いたいと、熱い息を吐くようにいった。

石津の母親が、風呂に入るようにと声を掛けてきたところへ、三也子から電話が入った。

「比留間は、八月に北海道へ行ったといったわね？」

「社員はそういっていた」

「もしかしたら比留間は、北海道の登山用品店で、例のアイスハンマーを買ってきたんじゃないかしら？」

「そうか。それを、相馬には、フランスで買ったといって、プレゼントしたのかな？」

「わざわざフランスから持ってきたと、相馬に思わせたかったのよ、きっと」

「フランス製でもイタリア製でも、国内の店で買えるのにね」

「ガストン・レビュファの刻印も怪しい気がするわ」

「偽物だっていうんだね？」

「レビュファの刻印も、相馬に喜んで使わせるための細工だったんじゃないかしら？」

「相馬が比留間の前で、レビュファの名を、ときどき口にしていたとも考えられるね」

三也子は、北海道内で「シャルトル」のアイスハンマーを取り扱った店をさがし出してはどうかといった。

「いいところに気がついた。あしたさっそくやってみる。寺内君に頼めば、彼は動いてくれる」

「分かるといいわね」

彼女は、「お寝みなさい」と、ささやくようないい方をした。


翌朝、寺内に連絡すると、この前、紫門と一緒に訪ねた松本市の山具店へ行ってくるといった。その店に頼めば、北海道内のどこの山具店が「シャルトル」を取り扱ったかが分かるはずだ。

紫門は、アイスハンマーの実験を依頼してある自動車整備工場へ行った。

主人は、きのうもハンマーを五回焙り、水に浸けたといい、その作業の記録を記入していた。

買ったときは光っていたハンマーのヘッド部分は、紫色に変わっていた。

紫門をそれを握って、岩場にハーケンを埋め込むように、不用の鉄棒を叩いた。工場の裏側の地面にピックを打ち込んだ。叩いたり打ち込んだりした回数を記録した。

チェーンにピックを引っ掛けて、体重を掛けた。ハンマーに異状は生じなかった。なんだか見込み違いの無駄なことを繰り返しているような気がした。

彼は自ら、熔接機の青い炎をハンマーに当て、熱して、水に浸けた。その回数を記入した。

炎で焙って、水で急冷した回数は、合計二十七回。ピックと打撃面に衝撃を加えた回数は千二百回。ピックをチェーンに掛けてぶら下がったのは三十六回に及んだ。

「実際の登攀では、不自然な体勢からハンマーを使うことが多いんじゃないですか?」

主人がいった。

「からだを斜めにして叩いたり、蛇行するように登りますし、岩の割れ目に挿し込んだ、チョックというナットを回収したり、クラック（岩の割れ目）内に詰まっている小石や泥を取りのぞくのにも使います」

「じゃ、ヘッドをコジることがあるでしょう?」

「それはしょっちゅうです」

「コジってみたらどうですか?」

主人にいわれて、紫門は工場を支えているアングルにピックを引っ掛けて、斜めに引っ張った。同じことを二十回繰り返し、それも記録した。

主人に、相馬が氷壁登攀に使って折れたアイスハンマーの写真を見せた。

二人の従業員も、主人の手にある写真をのぞき込んだ。

「この刻印の『G. Rébuffat』は、世界的に有名な登山家の名ですが、偽物ではないかと思います。刻印を、専門家でない者が入れることが可能でしょうか？」

「素人が入れることができるかというんですね？」

「たとえば、普通の事務所とか住宅で？」

「それはむずかしいことじゃありません。小型研磨機で、適当なアタッチメントを装着して刻めばいいんです」

「工具のデパートなんかで売っていますか？」

「あります。紫門さんがこのアイスハンマーを買った渋谷のTデパートにもあります」

「高価な物ですか？」

「いろいろな機種があります。ここに刻印できるだけの物なら、大した値段じゃないと思いますよ」

それをきいて、紫門はTデパートへ電話で問い合わせた。

小型研磨機について問い合わせたいといっただけで、すぐに電気工具の売場に電話が回った。

機種はさまざまあって、アタッチメントを交換すれば、木材でもプラスチックでも金属でも削ることが可能であり、価格は八千五百五十円から五万四千八百円の物までそろっている。ベルトディスクサンダーなら、各材料の表面研磨ができ、たとえばヘアライン加工が必要なら、ワイヤーブラシを装塡すればよいという。

「実際の刻印を真似ることもできますよ」

整備工場の主人はいう。

実際の刻印にトレーシングペーパーを当てて、エンピツでそこをなぞる。文字は白抜きになる。それを貼りつけて、白い文字を研磨機で彫ればよい。

「文字の彫刻をしている工場がありますから、そこへ頼んで彫らせたことも考えられますね」

そうか。その気になれば、専門の技術者にやらせることもできるし、自分でもやれたということか。主人の話だと、ヘッド部分の刻印など、素人にも簡単にできるという。

豊科署に電話して、寺内を呼んだ。

寺内は帰ってきていた。

「松本の登山用品店からは、きょう中に回答がくることになっています。北海道内で『シャルトル』のハンマーを取り扱ったことのある店は数軒だろうといっていました」

そこが分かったら、どうしますか？」

「比留間新三郎の写真を送るよ」

「その男が、アイスハンマーを買ったかどうかの問い合わせですね」

紫門は、アイスハンマーの実験結果を話した。

「里と、寒冷地の条件の違いもあるでしょうね」

北アルプスだと、氷点下二十度ぐらいになる。だが、科警研の係官の話だと、アイスハンマーなどは、低温に対して強度が上がるような材料加工がなされているだろうということだった。

夕方、原宿の喫茶店で市川佳代子に会った。

久し振りに顔を見たせいか、先に着いていた彼女は、紫門を正面にしてはにかむように笑った。眉を細く長く描いている。

彼は、長沼と川端はその後どうかと尋ねた。

「前と少しも変わりません」

生活が派手になったようすもないという。

彼は、星と比留間と相馬と思われる三人が、去年の六月十三日に北千住のスナック「モッズ」で飲んだことを詳しく話した。その店のママとホステスの話から、三人のうちの二人は間違いなく星と比留間だといった。

「六月十三日といったら、星さんたちが、汐音さんの所在を突きとめた次の日ですね」

佳代子は、緊張した面持ちでいった。

「三人はその夜、安達をホテルから呼び出したんじゃないかと思います」

「現金を奪い取ったんでしょうか？」

「それ以外の目的で、安達の行方を追跡したとは思えません」

「そのあと三人は……」

　彼女は、灰色のセーターの胸に手をやった。

「安達を脅迫して、遺書を書かせ、そのあと、信州の山へ連れていったと、ぼくは推測しています」

「三人は、現金を分配したのでしょうか？」

「役割に応じて、分配の金額を変えたでしょうね」

「三人が、安達さんから現金を奪い取ったという証拠はないのですね」

「遺書を書かせたという証拠も、殺したという証拠もありません」

「安達さんを呼び出して三人ですぐに山へ連れて行ったのだとしたら、星さんは、六月十四日、欠勤しているはずですが？」

「どこかに監禁しておいたんじゃないかと思うんです。そうしておいて、土曜か日曜まで待った。欠勤しているとあとで調べられたときに、欠勤の事実とその理由が問題になるからです」

「監禁できるような場所があるでしょうか？」

「ぼくは、比留間の事務所が怪しいとみています」

「広いんですか?」

「五十平方メートルぐらいだそうです」

「社員がいるのではありませんか?」

「女性が一人です。一日や二日は出張させることができたんじゃないでしょうか」

「安達さんを山へはこぶには、車が必要だったでしょうね?」

「比留間の車を使ったんじゃないかと、ぼくはにらんでいます」

佳代子と話しているうちに、豊科署の寺内に連絡する時刻になった。

2

札幌市中央《ちゅうおう》区の登山用品店Kでは、ほぼ十年前に仕入れた「シャルトル」のアイスハンマーを一丁置いていた。売れ残ったのだ。それを店に陳列しておいたところ、「旧《ふる》いタイプのアイスハンマーがあるか」と、店員にきいた紳士がいた。去年の八月下旬だった。紳士はハンマーを手にして、しばらく見たあと、買うといった。冬山に登りそうもない人がアイスハンマーを買ったので、二人の店員はそのときのことを記憶していたという。

紳士の年齢は四十二、三だった。上質のスーツを着、パナマ帽をかぶっていたことも店員は覚えていた。

登山用品店Ｋへ、紫門は比留間の写真を速達で送った。

Ｋからは翌々日、回答があり、「シャルトル」のアイスハンマーを買った紳士は、写真の人によく似ているということだった。

紫門は、比留間の体格を話した。

店員は自信のあるらしい返事をした。

「おっしゃる方にそっくりです」

紫門は、比留間新三郎に関するデータを整理した。

比留間は、星宏介とも相馬保男とも親しかった。

昨年六月十三日、右の三人（ほぼ間違いなかろう）は、スナック「モッズ」へ現われた。人相、体格から、星と思われる男が、ウイスキーのボトルを注文して飲みながら、店のママに安達正裕の連絡先を尋ねた。彼の話し方は巧みで、冗談もまじえた。

のちに白骨体で発見された安達は、解剖や鑑定の結果、死亡は六月二十日ごろと推定された。

相馬は去年の九月中旬ごろ、恋人の岸野景子の部屋を訪ね、「比留間さんにいただいた」といって、アイスハンマーを見せている。

相馬は彼女に、「比留間さんは、フランスへ旅行し、おれのためにこれを買ってきてくれた」といって、ガストン・レビュファの刻印をうれしそうに指で撫でた。

だが、比留間が海外旅行した事実はない。したがって、フランスでハンマーを買ってきたというのは嘘だった。

八月下旬、札幌市の登山用品店Kに、比留間によく似た男が現われ、「シャルトル」のアイスハンマーを買った。

九月中旬ごろ、相馬が比留間からハンマーをもらったといって、恋人に見せた時期と、札幌市で比留間に似た男がハンマーを買った時期とのズレに、ある意味が感じられる。


右のデータを、あらためて小室に伝えると、

「フランスで買ってきたといえば、相馬が喜ぶだろうと思ったから、そういってプレゼントしたと、比留間は答えるかもしれない。それぐらいのことでは、比留間を追及するわけにはいかないな」

と、厳しい調子でいう。

「去年の六月十三日の夜、星と相馬の三人で、スナックへ行き、安達の所在をさぐるようなことをきいています」

「星がきいただけで、自分とは関係のないことだったといって逃げられそうだ。……紫門、このデータを活かすために、もう一歩踏み込め」

「比留間が、札幌市で買ったハンマーの強度を弱めるための細工をしたという、証拠を挙げるということですね？」

「そうだ。ハンマーの本来の金属組織が破壊されていたことは紛れもない事実だ。市販されていたハンマーにどういう方法で手を加えたか、これは解明できないことを考えておかなくてはいけない。だが、使用中に折れるのを期待した証拠が明白だ。それはピック部分の下面に細い溝が入っていたことで歴然としている。下面に溝を入れたということは、ピックの先端に力が加わることによって溝を開かせる意図があった。溝にクサビを打ち込んだと同じで、意図的に割ろうとしたんだ。……だから、比留間が髪の毛ほどの細さの溝を、どうやって入れたかの証拠を握ることだ」

科警研では、折れたハンマーに入れられていた溝は、ヤスリやノコギリで細工したものではないと断定している。

ハンマーのヘッドを、高温の炎で焙ったり、水に浸けたりすることは家庭でも可能だ。偽の刻印を入れることは、研磨機を持っているか、買うかすれば、鉄を炎で焙ることよりも簡単だ。だが、肉眼では容易に発見しにくい溝を家庭で入れることは不可能だ。

紫門は、一度会ったことのある科警研の係官に尋ねた。アイスハンマーを折るために溝を入れたことは間違いないが、どのような工具か機械で細工したと思うかときいた。

「レーザー光線でしょうね」

係官はあっさりといった。

そうか。精密カットや加工のほとんどはレーザーで行なっている。以前、機械メーカーにいた紫門が、それに気づかなかったとはうかつだった。

いまやレーザーは、材料の精密加工には欠かせない。さまざまな材料の光線彫り加工というのもレーザーだ。印刷工場でも、衣料メーカーでも、用紙や布地の裁断にレーザーを用いている。レーザー光線の使用は、医療現場にも進出した。

が、それを家庭では行なえない。比留間が、レーザー設備を備えていたならべつであるが。

紫門は、思い立ったらじっとしていられない質《たち》である。文京区根津の比留間の自宅の近くを再度訪ねた。

この前聞き込みした近所の家の主婦に、比留間は自宅で機械加工のような仕事をしているかときいた。主婦は、とっぴなことをきくものだという顔で否定した。

だが、両隣りの家の主婦はしばらく考えてから、

「そういえば、地面を叩くような音を何回もきいたことがあります」

と答えた。

それは、去年の夏か秋だったという。

「夜間ですか？」

「朝だったり、日中だったり……。わたしは家を直しているのだと思いました」

それにしては、大工職人らしい人は出入りしていなかったという。

紫門は、胸の中で、「しめた」と叫んだ。

比留間は、朝といい日中といい、札幌で買ってきたアイスハンマーを、バーナーかトーチの火に焙り、水に浸けて冷やしていた。ハンマーの用途を思い、コンクリートの地面に何百回となく打ちつけ、金属疲労を起こさせていたのではないか。

これと同じことを、もっか紫門がやっている。ヘッドを熱して急冷した回数は、すでに四十回、ピックと打撃面に衝撃を与えた回数は、千七百回を超えている。それでも、アイスハンマーは折れも曲がりもしていない。

比留間の家から、地面を打つような音がきこえたのは、去年の夏か秋だったという。彼が札幌市でアイスハンマーを買った時期と合致している。夜間にそれをやらなかったのは、後日のための配慮だろう。異音が他家にきこえると考えたからにちがいない。

比留間はやはり、アイスハンマーの本来の組織を、自宅において破壊する工作をしていたのだ。いや、札幌市で買ってきたハンマーを熱したり叩いているうちに、それが折れてしまったら、相馬にプレゼントできなくなる。比留間には、どれぐらいの回数、熱したものを冷やし、叩いて衝撃を加えたら、ニッケル・クローム鋼のピックが、氷壁で使用中に折れるという知識があったのだろうか。

分かった。比留間は札幌市以外の登山用品店で、アイスハンマーをもう一本買っているのだろう。それに溝を入れ、青い炎で焙ったり叩いたりしたにちがいない。彼は執念を込めて実験したのだろう。五十回も百回も炎に当て、何千回衝撃を加えたかは不明だが、細い溝を入れておいた部分が、彼の意図にしたがって折れた。折れるまでについやした作業経過を記録しておいた。

今度は、札幌市のKで買った「シャルトル」に同じ加工を繰り返した。折れたハンマーのデータに照らし、熱処理と衝撃を、九〇パーセント程度にとどめたのではないか。あとの一〇パーセントの衝撃は、相馬が実際に氷壁登攀で確実に行なう。「シャルトル」が折れるのは、日本の山での訓練中か、本番のヒマラヤかは分からない。だが、「シャルトル」を使いつづけるかぎり確実に折れるという自信が比留間にはあったのだろう。

紫門は、自動車整備工場の主人に、ヘッドに溝を入れるレーザー加工を、どこに依頼したと思うかと尋ねた。

「加工屋さんに、アイスハンマーに溝を入れてくれなんて頼んだら、なぜそんなことをするのかって、疑われます。登山をしない人にだって、これがどんなところで使われる道具かぐらいの見当はつくでしょうからね」

「じゃ、自分でやったんでしょうか？」

「私は、自分でやったと思いますよ」

「使ったことのないぼくでもやれますか？」

「たとえば、都立工業技術センターへ行けば、一日三万円ぐらいで機械を借りることができます。使用方法を知っているといえばね」

「短時間でやれますか？」

「一〇ミリの厚さの鉄板を、一〇〇ミリ四方に切断するのに要する時間は、四、五分です」

「それなら、深さ一・四ミリの溝を入れるくらいは一瞬ですね。機械を使うには熟練していないと、無理でしょうか？」

「数値制御ですから、取り扱い方の説明をちょっと受けた程度でやれますよ」

東京なら、たとえば大田《おおた》区などの町工場群で「超精密カット加工」といった看板を目にすることがある。その工場にはレーザーの設備がある。パートの女性が、レーザー光線を使って、カットや光線彫り加工をしているという。

これをきいて紫門は、比留間商事の女性社員・矢崎に、再度会うことを思いついた。

3

矢崎は、きょうも黒いコートを着て、比留間商事を出てきた。五、六〇メートル歩いて後ろから呼びとめた。

髪を茶色にした彼女は、この前と同じように振り返ると、硬い表情をした。

「去年の六月中旬のことを思い出していただきたいんです」

彼と彼女は、シャッターのおりたビルの脇に隠れるように立った。道路の片側には車が並んでいる。

「なにをでしょうか？」

「六月十四日ごろ、あなたは会社をお休みしていますか？」

「いいえ」

彼女は、なんのことかというふうに、紫門の顔を見上げた。きょうは二度目のせいか、彼女は、それほど緊張していないように見えた。

「六月十四日から三日間ぐらい、会社を空けていませんか？」

彼女はコートの襟を摘んでいたが、

「紫門さんのおっしゃる日かどうかは忘れましたが、地方へ急に出張したことがあります」

「どちらへですか？」

「沖縄です」

「急にというと？」

「前の日の晩、社長から電話がありまして、『急で悪いが、沖縄へ行って写真を撮ってきてくれ』といわれました」

「写真……。どんな物をですか？」

「開発計画の情報をきいた。現地の地形や風光の写真を見て検討したいから、その場所を細かく撮影してくるようにといわれました」

「その手の出張は、それまでにもありましたか？」

「初めてでした」

矢崎は、比留間に命じられ、自分のカメラを持って、翌日の朝の便で那覇へ飛んだ。沖縄本島の指定された場所に立ち、三、四十回シャッターを押した。

次の日は宮古島《みやこじま》へ移った。三日目は石垣島《いしがきじま》だった。

彼女にとってこの思いがけない出張はうれしくて、石垣へ行ったついでに、竹富島《たけとみじま》へ渡り、珊瑚礁の美しい海を見て、三日目の夜、羽田に戻った。

その次の日は土曜日で休みだった。社長に急ぐといわれたので彼女は写真屋にフィルムの現像を頼み、それを月曜日に会社へ持っていって、比留間に渡した。彼は彼女をねぎらったという。

紫門は、街灯の下にノートをかざした。

去年の六月十三日は火曜日だった。矢崎は沖縄に二泊して三日目の夜、帰宅したといった。すると十四日に出掛けたことになる。

「月曜日に出勤したとき、事務所の中に異状を感じなかったですか？」

「いいえ、べつに。どうしてでしょうか？」

「ほんとうに必要があって、あなたに沖縄へ行ってもらったのだろうかという、疑問があるものですから」

「なぜでしょうか？」

彼女は険しい表情になった。

「あなたを急に休ませるわけにはいかない。それで沖縄で写真を撮ってきてもらうことを考えたんじゃないかという気がします」

「わたしが会社にいてはまずいことでもあったと、おっしゃるんですね」

「ぼくの推測ですが、比留間さんは十三日の夜、会社へ誰かを連れてくることになった。それをあなたに見られたくなかったんじゃないでしょうか？」

「連れてくるというのは、誰なんですか？」

「ぼくの推測が当たっていたと分かったら、お話しします」

「社長がなにか、いけないことをしていたようですが？」

「相馬さんの遭難に、比留間さんが関係していそうなんです」

「相馬さんの、遭難……。相馬さんが山でお亡くなりになった日、社長は会社にいました。関係なんかしているはずがありません」

紫門は、比留間には不審な点がいくつもあるといって、詳しい説明を省いた。

「比留間さんのご親戚とかお知り合いに、金属加工、あるいは樹脂の加工をしている方がいますか？」

彼女は薄暗いビルの陰で、不安そうな目をしていたが、

「お兄さんが、電子機器の会社を経営しています」

そこは荒川《あらかわ》区だという。社名もわかった。その会社にはレーザーの設備があるかと紫門はきいたが、矢崎は知らなかった。

紫門は、自動車整備工場の主人が紹介してくれた、金属の精密カット加工を専門にやっている大田区の工場を訪ねた。

そこの主人に、金属に微細な溝を入れるのだが、機械を使い馴れていない者でもその加工が可能かときいた。

主人は、紫門をレーザー機の前へ案内し、テーブルの上に材料を固定し、何ミリの溝を入れるかの数値をボタンに命じた。ピンク色のビームが材料を照射した。またたく間に、一ミリの溝が厚さ五ミリの鉄板に入った。その溝はあまりにも細く、注意して見ないと、肉眼では見つけにくかった。

素人でも、操作の説明を受けてやれば、簡単な作業であることが分かった。

翌朝、荒川区のA社に電話した。昨夕、比留間商事の矢崎からきいた会社である。比留間新三郎に紹介されたのだが、レーザー加工を請けてくれるか、ときいた。電話に出た男はレーザー設備があるから、相談にきてくれと答えた。

比留間は、兄の経営しているA社に行き、従業員の目を盗んで、相馬にやったアイスハンマーに髪の毛の太さほどの溝を、レーザーで入れたにちがいない。溝を入れた二丁のうち一丁を、自宅でバーナーかガストーチの炎で焙り、急冷し、地面を繰り返し強く叩いて金属疲労を起こさせ、結果がわかった後もう一丁も折れる寸前まで加工したのだろう。

けさ、東京の気温は氷点下に下がった。

紫門は、自動車整備工場で、アイスハンマーに熔接機の青い炎を当てた。ハンマーのヘッドは初め紫色に変わり、アメのように赤くなり、やがて白っぽくなった。それをバケツの水に浸けた。水がゴボゴボと鳴り、湯気が立ち昇った。

　これを五回繰り返し、工場の裏の地面を強く叩いた。犬がクサリにつながれたまま、彼のやることをじっと見ていた。

　天井から吊り下がったチェーンに、ピックを引っ掛けてぶら下がった。工場の二人の従業員は、けさも、彼を笑って見ている。

　ピックをチェーンに掛けて体重を掛けた拍子に、彼はコンクリートの床に転倒し、したたかに腰を打った。

「折れた」

　従業員の一人が叫んだ。

　もう一人が「大丈夫ですか」と寄ってきた。彼も紫門と右手が握っているアイスハンマーを見て、「折れた」と、つぶやいた。

　紫門は起き上がった。コンクリートの床にあぐらをかき、ハンマーに目を近づけた。ピック部分は、溝を入れた部分で折れ、金属の地色を露出していた。

「やりましたね」

　主人が寄ってきた。

　紫門は腰に手を当てて立ち、大学事務局にいる三也子に電話した。声が震えた。

「あなたの執念が実ったのね。実験は間違っていなかったということだわ。数カ月前、誰かが毎日、同じことをやっていたんじゃないかしら」

彼は小室にも連絡した。

小室も三也子と同じことをいった。

「あとは刑事に任せろ。それだけデータが集まれば、比留間から、相馬の墜落死の原因をつくったという理由で、事情をきくことができる」

小室は、すぐに帰ってこいと命じた。

それにしても腰が痛む。これが岩壁だったら、ザイルに宙吊りになったところだ。

紫門が黒いバッグをかついで松本へ帰った次の日、豊科署の刑事は、事情をきくために比留間を連れてきた。

紫門は署の廊下で、刑事に両脇を固められて取調室に入る比留間とすれ違った。

比留間は、濃茶に赤い縞のはいったスーツに身を包んでいた。ネクタイは鮮やかなグリーンだった。紫門を知らないはずなのに、彼に刺すような視線を投げた。

4

比留間は、豊科署で二日間事情聴取を受けた。相馬に、フランスで買ってきたと偽って、札幌市で買った「シャルトル」のアイスハンマーをプレゼントしたことは認めたが、それの強度を弱めるための細工をしたことは否定した。

「あなたが買ったアイスハンマーには、レビュファの刻印は入っていなかった。あなたが自宅で彫ったんですね？」

刑事はきいた。

「そんな技術、私にはありません」

「あなたは、若いころから、兄さんが経営している荒川区のA社へたびたび立ち寄っていた。A社には金属加工の機械や工具がととのっている。去年の八月下旬、あなたが工場の昼休みにレーザー機の前に立っていたのを、工場の複数の従業員が目撃している。昼休みが終わり、従業員がレーザー機を操作しようとしたら、自分が合わせておいた数値と違っていた。あなたは操作して、ボタンの値を元どおりに直そうとしたが、いくつに合わせてあったのかを忘れてしまったにちがいない。あなたはレーザー光線を使って、二丁のアイスハンマーのピック部分の下面に、深さ一・四ミリの溝を入れた。一丁は金属の本来の組織を破壊する実験に、一丁は相馬さんに贈る物だった」

これを刑事に厳しく追及されると、比留間は首を折った。

相馬になぜ、細工をしたアイスハンマーを贈ったかについて比留間は、ヒマラヤ遠征の費用を出してやるなどと約束してしまったが、不景気のために約束を反故《ほご》にしなくてはならない。それがいい出せなくて、相馬を殺すことにしたと供述した。

刑事は、星が持ち込んだ安達の現金を奪い取るという計画に加担し、相馬を引き入れて、安達を殺害したのだろうと追及した。

だが、比留間はそんな計画はきいていないし、安達という男には会ったこともないと答えた。


紫門は、相馬の母と妹に、比留間が相馬を殺すために、自分で細工したアイスハンマーを贈ったと自供したことを電話で伝えた。

母親は、「なんということを」といって、絶句した。

紫門は、相馬の恋人だった岸野景子にも、比留間の自供を話した。

景子は紫門の話をきき終わると、

「紫門さんに、きょうお電話しようか、あすにしようかと、一日延ばしにしていました」

と、震える声でいった。

「なにか思い出したことがあったんですか？」

「じつは、彼から紙に包まれた物の入ったバッグをあずかっていたんです」

「中身がなにかを、知っていたんですね？」

「現金です。ヒマラヤ行きの資金といっていました。銀行にあずけておくようにと勧めたんですが、まもなく下ろさなくてはならないからと、彼はいいました。比留間さんに借りたと彼はいっていましたが、わたしには信じられませんでした。彼のお母さんや妹さんに、いついおうかと、ずっと考えていたんです」

現金の入ったバッグは、ずしりと重いという。

紫門は、バッグはそのままにしておくようにといった。近日中に彼女は警察に呼ばれるだろう。そのとき正直に話したほうがよいといった。

相馬が景子にあずけた現金の一件は、紫門の口から比留間を取調べ中の刑事に伝えられた。

比留間は、星と手を組んで安達から現金を奪ったあと、殺害したことを自供した。その犯行を相馬に手伝わせたことも吐いた。

――去年の六月十二日の夕方、星宏介が比留間を上野の会社に訪ねた。

星は社員の矢崎が帰ると、病院長の娘が、恋人のために四千万円を病院から持ち出して行方不明になった、その娘の所在調査を、四人の調査員で担当し、きょう、娘が隠れていたところを突きとめた。娘は自宅へ連れ戻された。調査はその段階で打ち切られたが、娘の恋人は、彼女が持ってきた四千万円を持ったまま出ていき、帰ってこなくなっている。娘の所在が判明したところで調査を打ち切ったのは、男に持ち逃げされた現金は諦めるということだ。院長夫婦にしてみれば、娘を連れ戻すことができれば、それでもうよいということで、男の行方を追跡する意思はないのだ。星は娘から、恋人がいそうな場所のヒントをきき出した。どうせお嬢さんをだまして巻き上げた金なのだから、恋人をさがし出し、現金を奪い取ろうと思うが、手を貸さないかと、いった。

比留間は合意し、翌十三日の夕方、北千住駅近くで星と落ち合う約束をした。比留間はそこへ相馬を呼び寄せ、片棒をかつげといった。

比留間と星の付き合いは六、七年になる。

初め星は、探偵社の調査員として比留間商事へ現われた。比留間は、都内のある年老いた一人暮しの女性が所有している土地を転売した。彼女に土地を手放さないかと勧めたのだ。彼女は承知した。そのさい、権利書が必要だといってあずかり、白紙委任状に押印させた。その土地は売れた。が、代金の受け取りが遅れていると偽って、女性に支払わなかった。彼女が重い病気にかかっているのを知ったからだ。

女性は死亡した。

何カ月かたって、嫁いでいた彼女の娘が、母親が所有していた土地が人手に渡っていることに不審を抱いて、探偵社に調査を依頼した。調査を担当した星が、比留間に疑惑を抱いて接触してきた。

比留間は、土地代金は前所有者の女性に支払ったと答えたが、星を手強い男とにらみ、取引を持ちかけた。

星は、金額によっては、調査に手ごころを加えてもいいと答えた。まとまった現金を渡して星と手を打った。星は比留間の不正を報告書にしなかったのである。

比留間は星を、調査能力のある男と見込み、仕事に必要な調査を、個人的に頼んだ。探偵社を通さなかったのだ。

何件か調査をやらせるうち、星は比留間商事へたまに遊びにくるようになった。

「社長は、いまも、うまいことをやって儲けているんでしょうね」などということがあった。土地転売の不正を指しているのだった。弱味を握られているから、比留間は星をクラブや料亭などで飲ませた。

一方、相馬は建売住宅の会社に勤めていて、仕事の打ち合わせで比留間商事へやってきていた。その会社は倒産した。

相馬は比留間に、雇ってくれないかといった。そのころから不景気になり、うま味のある仕事もなくなっていたし、社員を減らしていた。だから雇うことはできないと断わった。だが、素直そうな性格の相馬を気に入っていた。

相馬は山男で、ヨーロッパの山へ登った折りの借金を抱えていることをきいた。困っている彼を見た比留間は、相馬の債務を肩替わりしてやった。相馬はそれを分割で二、三回返済したが、全額の九〇パーセントが残っていた。相馬は、ヒマラヤへ行きたがっていた。だが、費用が調達できなかった。比留間は、その費用を援助してやろうと約束した。

相馬は涙を流して喜び、「社長のためならなんでもやるつもりだから、役に立てることがあったらいいつけてもらいたい」といっていた。

三人で、スナック「モッズ」へ行った。星が「安達とこの店で会うことになっている」といって、酒を飲んだ。もしもその店へ安達が現われたら、外へ連れ出すことにしていた。

店のママから、安達の潜伏先が分かりそうなヒントをきき出した。店にきた安達が、駅の反対側にあるビジネスホテルのマッチを置き忘れていったというのだ。

そのホテルに安達が滞在していることを確認し、彼を呼び出した。彼は素手で出てきた。

三人は安達を脅して、ホテルの部屋へ案内させた。

安達は四千万円に手をつけていなかった。

テーブルの上を見ると、彼は現金を持って高飛びするつもりなのか、遺書を書いていた。これを病院長の娘に送って、姿を消す計画でいたらしい。

「山で死ぬだと」

星が遺書を読んだ。

三人は、安達を外へ連れ出すことにした。現金入りのバッグを持った。そのさいホテルの部屋には五万円置いた。

あとで星がフロントに電話し、事情ができて帰れなくなった。五万円は宿泊料だと告げた。

三人で安達を、比留間の会社へ連れ込んだ。

「お前の望みどおりにしてやる」

星がいって、安達の腹に拳をねじ込ませ、股を膝で蹴り上げた。安達は気絶した。

星が本性をむき出しにした感があった。

安達が持っていた現金を、星が二千万円、比留間と相馬が一千万円ずつ分けた。

比留間は、たった一人の社員・矢崎に沖縄出張を命じた。

後日のことを考え、星と相馬は、翌日出勤した。土、日を使って安達を山へ連れていく計画を立てた。

安達が自殺したことにするには、遺書にあるとおり山中で、自然死に見せかけて殺すのがいいと提案したのは、星である。尻込みしたのは相馬だったが、比留間と星で、絶対にバレることはないと説得した。

計画どおり、金曜の夜、星と相馬は比留間商事へ現われた。

この間、安達には食物を与えず、睡眠薬を飲ませておいた。

星が、小型ザックと、安達に着せる登山装備と軽登山靴を調達してきた。それを安達に着せ、比留間の車に押し込んだ。

夜どおし走り、蝶ヶ岳新道の取りつきである三股《みつまた》まで車を入れた。

三人とも登山装備に着替えた。テントも背負った。

ふらふらになっている安達にザックを背負わせて歩かせた。森林帯に入った。安達は立てなくなった。ただもうろうとしているだけだった。

安達を緩い斜面に寝かせ、三人はテントを張り、その中で食事をし、安達を監視した。

殴ったり、首を絞めたりすると、あとで発見されたとき、他殺がバレると思ったからだ。

山中は寒かった。夜は冬のように冷えた。

安達の呼吸がとまったのは、日曜の朝方だった。

着替えを入れたザックを、遺体の横に置いた。こうしておけば、径《みち》に迷った登山者が疲れはてたのちに、凍死したものとみられるだろうと思った。

星は会社で、同僚の石本重和が退職願を出したことを知った。やはり同僚の長沼と川端から、「石本さんは、星さんとわれわれを疑っているらしい」といわれた。星、長沼、川端の三人で、花井汐音の恋人・安達の隠れ処《かくが》を突きとめたのではないかと疑っているらしいという。安達の潜伏先を突きとめたというのは、彼が持っている現金を奪う目的だったということだ。

星は石本に会った。酒を飲みながら、石本の誤解を解くような話をした。石本はたしかに星と長沼と川端を疑っていた。石本は潔癖な質《たち》だ。それに執念ぶかい一面もある。

石本は探偵社で、調査能力を買われていた。彼はその能力を活かして、安達の所在を調べそうだ。彼の場合は、安達が持っている金を奪うのが目的ではなく、正義感からだろう。ひょっとすると、花井汐音に会い、彼女の所在を突きとめたとき、一人で先に部屋に入った星が、どんなことをいったかをきき出すのではないか。星たちと同じように、安達がどこに潜伏していたかを突きとめそうだ。石本なら間違いなくそれができる。探偵社をやめるのはそのためだ。

石本は退職した。探偵社の仕事が嫌になったと、星に向かっていった。

石本が退職した日、星はまた石本を誘って一杯飲《や》った。七月になったら山へ登ると、星は話した。

「おれも登るつもりだ」と、石本は登山計画を話した。かつて山行をともにした仲だったからか、石本は星になんの警戒心もないように見えた。

七月二十一日、二人は槍ヶ岳山荘で会う約束をした。

石本は、横尾から入って、槍へ登るという。星は、中房、大天井を経、槍ヶ岳山荘へ着いて、合流することにした。そこまではたがいに単独行だ。これの意味について、石本は疑っていないようだった。

この山行は実現した。

二十二日朝、星と石本は二人連れになった。北穂へ向かって縦走する。午後は一時雷雨という予報をきいたが、二人ともかつて渉ったことのあるコースであり、雷雨がきたら岩のあいだに身を寄せて、雨をやり過ごすことにして出発した。

星は黄色のパーカー、石本は赤だった。星は一本たてる（休憩する）たびに、勤務先は離ればなれになっても、毎年一、二回の登山はつづけようじゃないかと、石本に親愛の情を込めるように話した。

天気予報は当たった。大キレットの最低鞍部《あんぶ》に達したところで、山が暗くなると、雷鳴とともに大粒の雨が降り出し、霧が二人を包んだ。大岩の下へ入って、雨をやり過ごそうと急いだ。左側は削げ落ちた断崖だった。

石本がクサリを摑もうとした瞬間、星は横あいから石本の足を力いっぱい蹴った。

石本はよろけながら、星を振り返ろうとした。そこをもう一度蹴った。ザックを片手で押した。

石本は声を上げ、両手で空《くう》を掻いて、霧の中へ消えた――

この話を、比留間は星からきいた。もう恐れる者はいないと、星はウイスキーを飲みながら宙に目を据えた。比留間が星を恐れはじめた。この男は、なにをやるか分からないと感じた。

安達から奪った現金を分けるさい、派手に金を使わないようにと話し合ったものだが、その掟《おきて》を星が最初に破りそうにも思われた。そういう目で見れば、最近の星の服装は以前と違っていた。銀座や六本木《ろっぽんぎ》のクラブへ行っているとも話していた。派手な金使いが警察に知れたら、彼は内偵されることだろう。

比留間は、星を消すことを計画した。が、相馬にはそれを話さなかった。

八月十一日夜、星が上野の会社へ現われた。

比留間は、会社で飲ませたあと、五反田《ごたんだ》に面白い店があるといって、星をタクシーで連れていった。若い女性が大勢いる店で、さんざん飲ませた。星は機嫌がよく、歌もうたった。比留間は星の酒癖を知っていた。酔うと気が大きくなり、ハメをはずす男だ。

星は、トイレに立つにも足をふらつかせた。彼の頭の中には、安達と石本を殺した呵責《かしゃく》は消えてなくなっているように見えた。あるいは二人を殺したことを忘れようとして、酒を流し込んでいるようでもあった。

正体不明になったところを見計らって、星をタクシーに押し込んだ。彼は眠ってしまった。恵比寿で降ろした。

比留間は、ようすを知っているビルの工事現場へ、星の肩を支えて連れ込み、地下の基礎工事現場へ突き落とした。星は声さえ上げなかった。一度だけ鈍い音がした。

比留間は、地下現場に架けられたハシゴを下りた。星の息の根はとまっていた。

星の事故死を知った相馬が、電話をよこした。

「いい気になって酒を飲みすぎたんだ。バカなやつだ」

比留間はそういった。

比留間は、今度は相馬殺害の計画を練った。相馬はヒマラヤ登山を控えていた。海外の高山で死ねば、比留間の犯行は絶対にバレないだろう。

彼は、かつて星と相馬から登山の話をきいていた。登攀用具についても二人はよく話していた。

考えついたのが、アイスハンマーを折ることだった。

比留間は、出張と称して札幌へ飛んだ。市内の山具店で旧いタイプのアイスハンマーを一丁買って帰った。もう一丁を都内で買った。都内で買ったほうを実験用にした。

渋谷にある工具や材料を扱うTデパートで、電子ガストーチと、小型研磨機を買った。自宅で、アイスハンマーに対する細工を開始した。

ハンマーのピック部分の下面に、鉄ノコで溝を入れ、それをガストーチで焙っては、水に浸けて急冷した。ハンマーだから打撃面とピックに衝撃が加えられることに気づき、地面を何回も打った。毎日汗を流した。その記録をつけた。この作業は朝と昼間行なった。夜間だと近所にきこえるからだった。

アイスハンマーはなかなか折れなかった。

その間に彼は、兄がやっている荒川区のA社へ行き、工場の昼休みを利用して、レーザー機で一丁のハンマーに約一ミリの溝を入れた。前からその工場を訪ね、レーザー機の操作を知っていたから、微細な溝を入れることぐらいは簡単だった。

八月の終わり、実験用のアイスハンマーは、鉄ノコで入れた溝の部分で、ポッキリ折れた。

これのデータにしたがって、札幌市で買った「シャルトル」に、同じ方法で細工することにした。

相馬は、十二月になったら冬山訓練に北アルプスへ出掛けるといっていた。細工をその訓練に間に合わせたかった。焦りが出たが、比留間は慎重に、「シャルトル」を焙り、水に浸け、衝撃を与えつづけた。

その途中で、小型研磨機を使って、「G. Rébuffat」の刻印をピックに入れた。ガストン・レビュファの名は、相馬からきいていた。この世界的クライマーに彼は憧れていた。刻印を見たら彼は躍り上がって喜ぶだろうと想像した。

一丁のハンマーが折れるまでのデータにしたがって、細工をそれの九〇パーセントで中止した。

研磨機にワイヤーブラシをつけて、化粧をほどこした。細工したことによって、シャフトが焦げた。都内の登山用品店へ持っていって、シャフトを取り換えてもらった。出来上がってきたアイスハンマーを、相馬にプレゼントした。フランスで買ってきた物だといった。

相馬は、刻印に目を近づけた。

「レビュファ……」

彼は絶句した。目をうるませて礼をいった。ハンマーを振ってみて、これは使いやすそうだといい、重量感を試し、指先で刻印を何度も撫でた。

十二月初旬、相馬は冬山訓練に有明山へ出掛けた。

「アイスハンマーが折れた」と、いってくるのではないかと、気が気でなかった。ハンマーが折れて相馬が無事だったら、比留間のかいた汗は無駄になるのだった。それと、簡単に折れたハンマーを疑うにちがいなかった。もしかしたら相馬は、ハンマーがなぜ折れたかと、メーカーに抗議を申し込む恐れもあった。

相馬は、有明山での訓練を無事終え、

「いただいたアイスハンマーを試しました。レビュファが同じ物を使っていたんじゃないかと思うと、うれしくてたまりませんでした。下旬には屏風岩で訓練します。今度は六〇〇メートルの垂直の氷壁です」と、彼は目を輝かせた。

比留間は、「シャルトル」のアイスハンマーが、ヒマラヤの氷壁で折れるのを祈っていたのだが――

5

比留間新三郎が全面自供したことが、新聞に大きく載った。

その三日後の夜、紫門のアパートへ小室から電話があり、相馬直美から紫門と話したいという電話が入っているが、番号を教えていいかときいた。

紫門は承諾した。五分後、直美が掛けてよこした。

「兄が亡くなった場所へ、お花を手向《たむ》けたいのですが、わたしでは行けないでしょうか？」

と、少しかすれた声だった。

「いまの北アルプスは最も厳しい時季です。山小屋も閉まっているし、冬山で鍛えた人でないと……」

相馬の恋人だった岸野景子も行きたいといっているという。

紫門は、四月下旬のゴールデンウィークごろではどうかといいかけたが、彼女らは、相馬が遭難した氷壁を仰ぎたいのだと思い直した。

「わたしたちがお願いすれば、徳田さんも佐々木さんも同行してくださると思います」

徳田と佐々木は、相馬と屏風岩でザイルパーティーを組んだ山男だ。ヒマラヤ行きのメンバーでもある。

「一、二泊、露営することになるかもしれませんよ」

「承知しています」

「あなた方が行くなら、ぼくが案内役をつとめます」

「ありがとうございます」

彼女は、さっそく登山計画を練るといった。

紫門は、三也子に電話し、直美がいったことを伝えた。

「わたしも参加していいかしら？」

「そのつもりで電話したんだ」

「冬山は久し振りだわ」

「今年は雪が多い。厳しい山行になるよ」

「平気よ。屛風岩を登るんじゃないもの」

相馬直美と岸野景子が、徳田と佐々木にともなわれてきたのは、それから一週間後だった。

一日前に着いていた三也子とともに、紫門は一行を松本駅で迎えた。

空はすっきりと澄んでいた。常念岳がくっきりと見えた。頂稜では風が騒いでいるらしく、白煙を上げているように見えた。

六人に、豊科署の寺内が加わることになった。

翌朝、寺内の運転するワゴン車で、中ノ湯《なかのゆ》まで入った。

釜《かま》トンネルの中は凍結していた。

直美と景子は、アイゼンを履くのは初めてだった。ピッケルで氷を突いた。氷片が光って飛んだ。

大正池に着くと、直美は、白く凍った池の向こうに突き上がっている穂高連峰を見て、声を上げた。

景子は、両手を胸に当てた、東京で会ったとき、彼女は体調が悪そうな蒼い顔をしていた。もしや相馬の子を宿しているのではないかと、紫門は想像したものだが、きのうからきょうの彼女に異状はみられなかった。

上高地は純白の世界だった。夏は混み合う河童橋には人影はなかった。梓川をはさんで建つホテルは、屋根に雪をのせて眠っていた。

梓川のところどころが黒く見えた。雪と氷のあいだに、細くなった流れが現われていた。荒涼とした長い冬に耐えて、春を待っているすがただった。

森林の中に足跡が連なっていた。山靴の跡が奥を向いていた。

七人が横尾に着いたときは、前穂の壁が黒くなっていた。たそがれはじめた峰の上に雲のないのが、いっそう寒さを誇った。

横尾山荘前にはテントが三張りあった。夕食の準備をしている登山者もいた。川は地底で鳴っているようだった。

かついできたテントを三つ設けた。そのうちの大型の一張りには、「長野県山岳救助隊」と黒い文字が入っている。

その中で七人は食事をした。全員が手にした紙コップに、三也子が酒を注いだ。

直美は、急に正座すると、

「申し訳ありません」

といって、泣き出した。兄が安達の事件にかかわったことを謝ったのだった。

「きょうは、お兄さんの追悼《ついとう》ですよ。ね、忘れましょ」

三也子が直美の肩を軽く叩いた。

景子の瞳もうるんでいた。相馬のやったことを憾《うら》んでいるようだった。

翌朝は風があったが、蒼空が広がった。歯が鳴るほど冷たかった。

七人は横尾谷に入り、屏風岩を直下から仰いだ。カラマツの疎林の中に、鮮やかな赤と黄色のテントがあった。紫門は幻を見ている気がした。

キン、キン、キンと、凍った空気を割るような音が響いた。氷壁登攀をしている人がいるのだが、直下からは見えなかった。

直美と景子は、雪の上に菊の花を置き、線香を焚いた。全員が合掌した。

大岩壁に白い煙が横に這った。テラスにたまっている雪を風が掃いたのだった。

大岩壁に陽が当たりはじめた。氷が輝いた。過酷な自然がつくり出した彫刻は、目を射るようにまぶしかった。

「お兄さんは、ふさわしいところにいらっしゃるのね」

フードをかぶった三也子が、直美にいった。

直美と景子の瞳は、火が飛び込んだような色をしていた。

本書は一九九九年八月に光文社より刊行された『殺人山行穂高岳』を改題し、大幅に加筆・修正した作品です。

なお本作品はフィクションであり、実在の個人・団体などとは一切関係がありません。

穂高岳 殺人山行

二〇一八年四月十五日　初版第一刷発行

著　者　梓林太郎
発行者　瓜谷綱延
発行所　株式会社　文芸社
〒一六〇－〇〇二二
東京都新宿区新宿一－一〇－一
電話　〇三－五三六九－三〇六〇（代表）
〇三－五三六九－二二九九（販売）

印刷所　図書印刷株式会社
装幀者　三村淳

ISBN978-4-286-19686-2

[文芸社文庫　既刊本]

贅沢なキスをしよう。
中谷彰宏

いいエッチをしていると、ふだんが「いい表情」に。「快感で人は生まれ変われる」その具体例をあげて、心を開くだけで、感じられるヒント満載！

全力で、1ミリ進もう。
中谷彰宏

失敗は、いくらしてもいいのです。やってはいけないことは、失望です。過去にとらわれず、未来から今を生きる——勇気が生まれるコトバが満載。

フェイスブック・ツイッター時代に使いたくなる「孫子の兵法」
村上隆英監修　安恒　理

古代中国で誕生した兵法書『孫子』は現代のビジネス現場で十分に活用できる。2500年間うけつがれてきた、情報の活かし方で、差をつけよう！

「長生き」が地球を滅ぼす
本川達雄

生物学的時間。この新しい時間で現代社会をとらえると、少子化、高齢化、エネルギー問題等が解消される——？　人類の時間観を覆す画期的生物論。

放射性物質から身を守る食品
伊藤　翠

福島第一原発事故はチェルノブイリと同じレベル7に。長崎被ばく医師の体験からも証明された「食養学」の効用。内部被ばくを防ぐ処方箋！